历代笔记小说大观

春明退朝录（外四种）

[宋]宋敏求 等撰 尚成 等校点

松漠纪闻 道山清话

北窗炙輠录 山房随笔

图书在版编目(CIP)数据

春明退朝录：外四种 /（宋）宋敏求等撰；尚成等
校点. —上海：上海古籍出版社，2012.12(2023.8 重印)
（历代笔记小说大观）
ISBN 978-7-5325-6370-8

Ⅰ.①春… Ⅱ.①宋… ②尚… Ⅲ.①笔记小说-小
说集-中国-宋代 Ⅳ.①I242.1

中国版本图书馆 CIP 数据核字(2012)第 045506 号

历代笔记小说大观

春明退朝录(外四种)

[宋]宋敏求 等撰

尚 成 等校点

上海古籍出版社出版发行

（上海市闵行区号景路 159 弄 1-5 号 A 座 5F 邮政编码 201101）

(1) 网址：www.guji.com.cn

(2) E-mail：guji1@guji.com.cn

(3) 易文网网址：www.ewen.co

常熟文化印刷有限公司印刷

开本 635×965 1/16 印张 9.25 插页 2 字数 124,000

2012 年 12 月第 1 版 2023 年 8 月第 2 次印刷

印数：2,101—3,200

ISBN 978-7-5325-6370-8

I·2524 定价：25.00 元

如有质量问题，请与承印公司联系

总　目

春明退朝录

［宋］宋敏求　撰

尚　成　校点

校 点 说 明

《春明退朝录》三卷，宋宋敏求撰。敏求（1019—1079）字次道，赵州平棘（今河北赵县）人。仁宗时以父荫为秘书省正字，召试学士院，赐进士及第。历仕馆阁校勘、编修官、右谏议大夫、龙图阁直学士兼修国史。曾参修《唐书》，撰唐武宗以下六朝实录，并编有《唐大诏令集》传世。

此书系作者仕谏议大夫期间退朝后居春明里，"观唐人洎本朝名辈撰著以补史遗者，因纂所闻见继之"而作，约成书于熙宁七年（1074）。内容多记唐宋典章故实，几占三分之二以上。举凡官诰礼仪、仕宦进拟、差除制度等掌故，史料翔实可信，历来为史家所重视和采撷。至其于民情风俗、官场应酬、书画题记、诗话词评等时有著录，亦颇具文学史研究价值。而其记事注重前后贯通，写人不遗语言性情，又可见其"继世掌史"、文章见称于时的风貌。

此书有《百川学海》、《丛书集成初编》、《学津讨原》等本。现以《学津讨原》本为底本，以前两种对校，并加标点印行。校勘中凡遇异文，则择善而从，不出校记。

目　　录

卷上 并叙

熙宁三年，予以谏议大夫奉朝请。每退食，观唐人泊本朝名辈撰著以补史遗者，因纂所闻见继之。先庐在春明里，题为《春明退朝录》云。十一月晦，常山宋敏求述。

国朝宰相，赵令、卢相、文潞公四十三登庸，寇莱公四十四，王沂公四十五，贾魏公四十八。

枢密副使，赵令三十九，寇莱公三十一，晏元献公三十五，韩魏公三十六。

参知政事，苏侍郎易简三十六，王沂公三十九。

知制诰，苏侍郎二十六，王沂公二十七，卢相、杨文公、晏元献公、宣献公、今宣徽使王公拱辰皆二十八，夏文庄三十。

学士，苏侍郎二十八，晏元献公、宣徽王公皆三十，宣献公三十五，王沂公、李邯郸皆三十六，杨文公、钱子飞皆三十七，卢相、今参政王禹玉皆三十八。

吴正肃言：律令有"丁推"，"推"字不通，少壮之意当是"丁稚"。唐以大帝讳避之，损其点画云。

真宗朝岁时始赐饮于宰相第，大两省、待制以上赴。林尚书特以谏议大夫为三司副使，亦预焉。既而并诸副使，遂以为常。王太尉主会，唯用大官之膳，少加堂餐。自丁晋公助以家馔，至今踵之。

天圣七年，玉清宫灾，遂罢辅臣为宫观使，而景灵、会灵、祥源三宫观以学士、舍人管勾。康定元年，李康靖公罢参知政事，为资政殿大学士，提举会灵观。自后学士皆为提举。至和初，晏元献公以旧相为观文殿大学士，提举万龄避章圣讳也。观，而武臣今致政李少师端愿为观察使，止得管勾祥源观，自陈于枢府宗衮，宋元宪也。谢脁谓谢安为宗衮。乃加以都管勾。今朝官亦云提举，非故事也。

宗衮尝言：律云"可从而违，堪供而阙"，亚六经之文也。

宋景文言："人之属文，自稳当字，第初思之未至也。"又曰："为文是静中一业尔。"

本朝置枢密使副,或置知枢密院同知院,然使与知院不并置也。熙宁元年,文潞公、吕宣徽为使,而润州陈丞相自越州召为知院。前一岁,陈丞相为副使,位在吕公之上故也。

国初范鲁公、王祁公、魏仆射三相罢,赵令独相,始置参知政事,自是一相或二相。至咸平中,始有吕文穆、李文靖、向文简三相;又至至和中,文潞公、刘丞相、富郑公三相。

太平兴国四年,石元懿始以枢密直学士签书院事。八年,张司空齐贤、王公沔并以谏议大夫同签书枢密院事。景德三年,马正惠以检校太傅,韩公崇训以检校太保,并签书枢密院事。治平二年,今郭宣徽为同签书院事。

文臣为枢密使,皆带检校太尉、太傅,兼本官。乾兴元年,钱文僖以兵部尚书为枢密使,不带检校官,有司之失也。

赵德明归款,真宗赐以宗姓,然不附属籍,晁文元草制云:"奕世荷殿邦之德,举宗联命氏之荣。"宝元二年,元昊叛,诏削属籍,非也。

唐太宗自撰《郑元成碑》,德宗亦撰《段秀实碑》。

本朝太宗撰《中令赵公碑》。皇祐中,王侍郎子融守河中还,乃以唐明皇所题裴耀卿碑额上之,仁宗遂御篆赐沂公碑曰"旌贤"。其后踵之者:怀忠吕许公、显忠李忠武、旌忠寇莱公、全德元老王太尉、教忠积庆文潞公父泊、亲贤李侍中用和、褒亲齐国献穆公、旌功曹襄悼、旧学晏元献、崇儒丁文简、旧德张邓公、显先积庆赵中令子琟、旌忠怀德张侍中耆、儒贤高文庄、褒贤范文正、思贤刘丞相沆、清忠王武恭、旌忠元勋狄武襄、褒忠陈恭公、纯孝张文孝。英宗御篆忠规德范宋元宪,上御篆淳德守正吕文穆、大儒元老贾魏公。

国朝历三师三公者:太祖即位,天雄节度符魏王彦卿自守太尉为太师,定难节度、西平王李中令彝兴自守太傅为太尉,荆南节度、南平王高中令保融自守太保为太傅。

赵令以司徒、太保、侍中在中书,以太保、中书令留守西京,又以太师西京养疾。王文正以司空、司徒、太保在中书,以太尉罢为玉清昭应宫使。

范鲁公以司徒在中书,王祁公、薛文惠、吕文穆并以司空在中书,丁晋公、冯魏公、王冀公并以司空、司徒在中书,韩魏公以司空在中书,司徒为节度侍中,曹襄悼、文潞公并以司空为枢密使、侍中,吕文靖罢相,以司徒监修国史,曾鲁公以司空为节度、侍中。

吕许公以太尉致仕,张邓公、曾鲁公并以太傅致仕,陈恭公以司徒致仕,李相昉、张相齐贤、章郇公、宋郑公、富韩公并以司空致仕。

国朝宰相为仆射,魏公仁浦、赵令、薛文惠、沈恭惠、宋惠安、李文正、吕文穆、吕正惠、李文靖、张司空、王文正、向文简、王冀公、寇莱公、吕许公、王沂公、贾魏公、陈恭公、韩魏公、文潞公、富郑公、曾鲁公二十二人。枢相为仆射,陈文忠、曹襄悼、张荣僖、王康靖四人。枢密使为仆射,石元懿一人。

列圣神御殿,始咸平初,真宗令供奉僧元蔼写太宗圣容于启圣院,后玉清昭应宫范金祖宗像,馀多塑像。其殿名在京曰庆基、奉先禅院,奉宣祖。开先、太平兴国寺,奉太祖。二圣、玉清昭圣宫,奉太祖、太宗同殿,见上。永隆、启圣院,奉太宗,见上。安圣、玉清昭应宫。以下并奉真宗。奉真、景灵宫。崇真、慈孝寺。延圣、万龄观。永崇、崇先观。孝严、景灵宫,奉仁宗。英德;景灵宫,奉英宗。在外曰章武、扬州建隆寺。以下奉太祖。兴元、西京应天院。端命、滁州。帝华、西京应天院。以下奉太宗。统平、太原府。昭孝、西京应天院。以下奉真宗。信武、澶州。集真。华阴云台观。又凤翔太平宫有祖宗神御殿,南京鸿庆宫有三圣神御殿,西京永安县会圣宫有五圣神御殿。今京师定力院有太祖御像,国初待诏王霭画。诸后影殿曰重徽、奉先禅院,奉明德太后,章穆皇后同殿。彰德、慈孝寺,奉章献太后。广孝,景灵宫,奉章懿太后。广爱。万龄观,奉章惠太后。

开宝八年十一月,江南平,留汴水以待李国主舟行。盛寒,河流浅涸,诏所在为坝闸潴水以过舟。官吏击冻督役,稍稽则皆何校,甚者劾罪,以次被罚。州、县官降敕而杖之者,凡十馀人。

旧制:将相食邑万户即封国公。王太尉为相,过万户而谦挹不封。庆历七年南郊,中外将相唯夏郑公合万户,中书请封英国公,因诏使相未满万户皆得封。于是王康靖封遂国公,章文简封郇国公,王武恭封冀国公。其后遂以邑封合万户者彻国。

国朝以来封国公者:范侍中、鲁。王文献、祁。向侍中拱、谯、秦。静难节度刘公重进、燕。保大节度赵公赞、卫。定国节度冯公继业、梁。张侍中永德、邓、卫。张尚书昭、舒、郑、陈。孟中令昶、秦。王中令彦超、邠。赵中令、梁、许、陈。吕文穆、蔡、徐、许。寇忠愍、莱。丁秘监、晋。冯文懿、魏。曹襄悼、韩、鲁、郓。王文穆、冀。张荣僖、岐、邓、徐。吕文靖、申、许。王文正、沂。张文懿、郓、邓。章文简、郇。夏文庄、英、郑。王康靖、遂、邓。王武恭、祁、冀、鲁。贾文元、安、许、魏。陈恭公、英、岐。文侍中、潞。杜正献、祁。宋元宪、莒、郑。庞庄敏、颍。韩侍中、仪、卫、魏。曾侍中、英、兖、鲁。富相。祁、郑、韩。

太子谥：昭成、许王元僖，初谥恭孝，改。悼献。周王元祐。

诸王谥：悼、秦王延美。懿、魏王德昭。康惠、岐王德芳。恭宪、楚王元佐。恭靖、陈王元邠。文惠、安王元杰。恭懿、邓王元偓。恭惠、曹王元偁。恭肃、燕王元俨。怀靖、襄王昉。悼穆、豫王昕。悼懿。鄂王义。

公主谥：恭懿、宣祖女，燕国大长公主，降高怀德。贤肃、太祖女，秦国大长公主，降王承衍。贤靖、太祖女，晋国大长公主，降石保吉。恭惠、太祖女，许国长公主，降魏咸信。初谥正惠，改。英惠、太宗女，燕国长公主，降吴元扆。和静、太宗女，晋国大长公主，降柴宗庆。懿顺、太宗女，郑国长公主，降王贻永。慈明、太宗女，申国大长公主，报慈正觉大师清裕。献穆、太宗女，齐国大长公主，降李遵勖。昭怀、真宗女，出俗为道士，号清虚灵昭大师。庄孝。仁宗女，楚国大长公主，降李玮。

宗室谥：恭裕、申王德文。康孝、南阳郡王惟吉。安懿、濮王。孝定、相王允弼。荣易、定王允良。恭肃、广平郡王德隆。思恪、永嘉郡王允迪。懿恭、平阳郡王允升。僖简、信安郡王允宁。康简、广陵郡王德雍，循国公承庆。和懿、定安郡王承简。恭僖、舒国公承蕴。僖靖、同安郡王惟正。僖穆、丹阳郡王守节。安僖、荣王从式，楚国公从信。安简、信都郡王德彝。安恭、博平郡王允初。慈惠、申国公德恭。僖安、楚国公守巽。和惠、河东郡王承衍。惠恪、楚国公从古。僖温、遂宁郡王承范。良静、魏国公宗懿。恭简、韩国公宗礼。良、祁国公宗述，吉国公克绍。昭裕、遂国公宗颜。修孝、南康郡王世永。恭静、乐平郡王承亮。康僖、光国公克广。荣僖、陈国公承锡。恭。昌国公世滋。

宰相谥：文献、王祁公溥，改文康。宣懿、魏仆射仁浦。忠献、赵中令普。文惠、薛相居正、陈相尧佐。恭惠、沈相伦。惠安、宋相琪。文正、李司空昉、王太尉旦，正字犯仁宗嫌名。正惠、吕相端，正字犯仁宗嫌名。文穆、吕许公蒙正、王冀公钦若。文定、张司空齐贤、李相迪。文靖、李相沆,吕许公夷简。文简、毕相士安,向相敏中。忠愍、寇莱公准。文懿、冯魏公拯,张邓公士逊。文正、王沂公曾。文节、张相知白。章惠、王相随,改文惠。文宪、章郇公得象,改文简。元献、晏公殊。正献、杜祁公衍。恭、陈相执中。文元、贾魏公昌朝。庄敏、庞颍公籍。元宪、宋郑公庠。

枢密使谥：元靖、李公崇矩。景襄、楚公昭辅。元懿、石仆射熙载。恭懿、王公继英。文庄、高公若讷。宣简、田公况。惠穆、吕公公弼。

枢密使相谥：武惠、曹侍中彬。文忠、陈仆射尧叟。襄悼、曹侍中利用。荣僖、张侍中耆。文僖、钱公惟演,思改。恭毅、杨公崇勋,恭密改。文康、王相晦叔。康靖、王侍中贻永。文庄、夏郑公竦。武恭。王公德用。

参知政事谥：文懿、郭尚书赞,孙少傅朴。文恭、李公穆。景肃、赵公昌言。康节、辛少傅仲甫。恭肃、温尚书仲舒。惠献、王尚书化基。文定、赵右丞安仁,石少师中立。文僖、陈公彭年。康懿、任尚书中正。肃简、鲁公宗道。简肃、薛公奎。宣献、先公。文忠、蔡公齐。文肃、盛少傅度,吴公奎。忠宪、韩少傅亿。忠穆、王公曙。康靖、李少傅若谷。文庄、晁公宗悫。安简、王尚书举正。文正、范公仲淹。正肃、吴公育。文烈、明公镐。文简、丁右丞度。康穆、程公戡。文安、王公尧臣。质肃、唐公介。

枢密副使、知院、同知院谥：宣靖、钱邓州若水。恭质、宋公湜。景庄、王公嗣宗。正惠、马公知节,正字犯仁宗嫌名。安惠、周侍郎起,任少傅中师。武穆、曹公玮。忠献、范尚书雍。僖质、赵少师棋。宪成、李侍郎咨。文孝、张左丞观。文肃、郑公戬。恭惠、任少师布。威敏、孙公沔。孝肃、包公拯。文恭、胡少师宿。忠简。王侍郎畴。

使相谥：恭惠、安仲王审琦。元靖、王中令景。正懿、高中令保融,正字犯仁宗嫌名。武烈、石中令守信。庄烈、何中令福进。恭孝、孟中令昶。武穆、高公怀德。忠顺、陈公洪进。忠懿、钱中令俶。庄武、李侍中继勋,石公保吉。安僖、钱侍郎惟濬。庄惠、宋太师渥。恭惠、张侍中美。忠武、李公继隆。武惠、潘公美。忠肃、王公显。荣密、柴公宗庆。恭密、杨公崇勋。恭僖、李侍中用和。文简、程相琳。良僖。李公昭亮。

文臣谥：文安、宋尚书白。文庄、江陵杨公。忠定、张尚书咏。文恭、薛尚书暎。忠肃、马少保亮。文、杨侍郎亿。恭惠、李中丞及。文元、晁少傅迥。宣、孙少傅奭。康肃、陈公尧咨。章靖、冯侍郎元。宣懿、杨侍郎察。恪、李右丞昭述。景文、宋尚书祁。襄、余尚书靖。恭安、张尚书存。庄、李尚书兑。修懿、钱左丞明逸。懿敏、王尚书素。懿靖。李少师东之。

武臣谥：温肃、杜公审肇。恭僖、杜公审琼。恭惠、杜公审进。武毅、曹公翰，崔公翰。忠武、郭公守文。勤威、冯公守信。和惠、王公昭远。恭肃、王公承衍。忠惠、吴公元扆。元惠、周宣徽莹。武康、王公超。武懿、曹公璨。忠毅、彭公睿，周公美。恭庄、张公潜。宣惠、钱留后惟济。和文、李公遵勖。壮恪、夏公随，王公凯。安毅、郑公守忠。忠僖、夏宣徽守赟。忠隐、葛公怀敏。壮愍、刘公平，任公福。恭壮、高公化。壮定、杨留后景宗。忠恪、曹公琮。密、郭宣徽承祐。良惠、刘观察从广。荣毅、许公怀德。良定、李留后端懿。勤惠。张公孜。

外戚谥：武懿、刘公通。康怀、刘从德。安僖、曹公玘。恭怀、曹公傅。景思。张尧封。

内臣谥：忠肃、刘承规。安简、王承勋。僖靖、蓝继宗。安恪、卢守勤。僖恭王惟忠。安僖、岑守素。僖良、皇甫继明。良恪、张永和。荣恪、蓝元用。忠安、张惟吉。僖勤、史崇信，石全育。僖恪、刘从愿，邓保吉。威勤、麦允信。僖安。王守忠。

任恭惠与吕许公同年进士，而同为博士。恭惠登枢，年耆康强。许公时尚为相，尝所叹羡，询其服饵之法。恭惠谢曰："不晓养生之术。但中年因读《文选》有所悟尔：谓'石韫玉以山辉，水含珠而川媚'也。"许公深以为然。

父子掌诰，国初至熙宁元年凡九家：李文正、昌武，正字犯仁宗嫌名。王兵部、文正。王惠献、安简。晁文元、文庄。钱希白、修懿。梁翰林、庄肃。吕文靖、仲裕。宣献公、敏求。苏仪甫。子容。

咸平六年，并三部为三司，使官轻则为权使公事。庆历中，叶翰林道卿再总计，止云"权使"，盖中书误也。其后遂分权使与使公事为两等。

舍人院每知制诰上事，必设紫褥于庭，面北拜厅。阁长立褥之东北隅，谓之压角。宗衮作《掖垣丛志》而不解其事。按唐旧书亦无闻焉，惟裴廷裕《正陵遗事》云："舍人上事，知印宰相当压角。"则其礼相传自唐也。予为舍人日，邵兴宗入院，不疑为阁长压角，时议美之。

翻译新经，始以光禄卿汤公悦、兵部员外郎张公洎润色之，后赵文定、杨文公、晁文庄、李尚书维，皆为译经润文官。天禧中，宰相丁晋公始为使。天圣三年，又以宰相王冀公为使。自后元宰继领之，然降麻不入衔。又以参政枢密为润文，其事寝重。每岁诞节，必进新经。前两月二府皆集以观翻译，谓之"开堂"，亦唐之清流尽在也。前一月，译经使、润文官又集以进新经，谓之"闭堂"。庆历三年，吕许公罢相，以司徒为译经润文使，明年致仕，章郇公代之。自后降麻入衔。

宗衮尝曰："残人矜才，逆诈恃明，吾终身不为也。"亦繇唐相崔涣曰"抑人以远谤，吾所不为"。

予治平初同判尚书礼部，掌诸处纳到废印极多，率皆无用。按唐旧说，礼部郎中掌省中文翰，谓之南宫舍人，百日内须知制诰。王元之与宋给事诗云"须知百日掌丝纶"，又谓员外郎为"瑞锦窠"。员外郎厅前有大石，诸州府送到废印，皆于石上碎之。又图写祥瑞，亦员外郎厅所掌。令狐楚元和初任礼部员外郎，有诗曰"移石几回敲废印，开箱何处送新图"是也。今之废印，宜准故事碎之。

唐内人墓，谓之"宫人斜"，四仲遣使者祭之。见唐人文集。

京师街衢置鼓于小楼之上，以警昏晓。太宗时命张公洎制坊名，列牌于楼上。按唐马周始建议置鼕鼕鼓，惟两京有之。后北都亦有鼕鼕鼓，是则京都之制也。二纪以来不闻街鼓之声，金吾之职废矣。

太常寺国初以来皆禁林之长主判，而礼院自有判院、同判院。大中祥符中符瑞繁缛，别建礼仪院，辅臣主判，而两制为知院。天禧末罢知院，天圣中省礼仪院，而寺与礼院事旧不相兼。康定元年，置判寺、同判寺，并兼礼仪事，近有至六七人者。按唐太常置卿一员、少卿二员、博士四员。祥符中置博士二员，后加至四员。今若置判寺一员、同判寺二员，则合唐之卿数矣。天圣元年，改同判院为司知院，即博士也。

太常寺旧在兴国坊，今三班院是也。景祐初，燕侍郎肃判寺，厅事画寒林屏风，时称绝笔，其后为判寺好事者窃取之。嘉祐八年，徙寺于福善坊。其地本开封府纳税所，英宗在藩邸判宗正寺，建为廨舍，既成而已立为皇子，遂为太常所请焉。

端拱中，西掖六舍人。既而田锡罢职，知陈州；顷之，宋湜贬均州团练副使，王元之商州团练副使。熙宁二年，阁老钱君倚守江宁。明年，予自请出院；李才元、苏子容皆落职，惟吴冲卿权三司使，不供职。阁下无人草制，遂命二直院焉。

开宝二年，李文正正字犯仁宗嫌名。以中书舍人，卢相以知制诰，并命直学士院。六年，知制诰张公澹直学士院。太平兴国元年，汤率更悦、徐骑省铉直学士院，王梓州克正、张侍郎洎直舍人院，四公皆江南文士也。至熙宁二年，复置旧官。

唐制宰相四人，首相为太清宫使，次三相皆带馆职，洪正字犯宣祖庙讳。文馆大学士、监修国史、集贤殿大学士，以此为次序。本朝置二相，昭文、修史，首相领焉；集贤，次相领焉。三馆职惟修史有职事，而颇以昭文为重，自次相迁首相乃得之。赵令初拜止独相，领集贤殿大学士，续兼修国史，久之，方迁昭文馆。薛文惠与沈恭惠并相，薛自参政领监修，拜相仍旧，而沈领集贤。毕文简与寇忠愍并相，而毕领监修，寇领集贤。王太尉独相，亦止领集贤。近时王章惠、庞庄敏初拜及独相，悉兼昭文、修史二职，非旧制也。

文臣自使相除枢相，罢节而还旧官。景祐元年，王沂公自使相带检校官，复为吏部尚书、同平章事，充枢密使。庆历七年，夏郑公自使相入枢，仍带节度使，亦非旧制也。太祖、太宗时文臣为使相，惟赵令一人。真宗时寇莱公、王冀公二人，节度使李南阳一人。乾兴后，难遽数矣。

唐文武参用，袁滋自尚书右丞出华州刺史，召为左金吾卫大将军，如是者数人。本朝颇循其制，工部侍郎王公明兼黄州刺史，给事中乔公维岳换海州刺史，三司使、尚书左丞李公士衡换同州观察使，学士承旨、刑部尚书李公维翰换相州观察使，翰林学士、工部侍郎陈公尧咨换宿州观察使。如钱邓州及庆历初韩、范、庞、王四公，皆换观察使，以用兵擢之也。龙图阁直学士马公季良换秦州防御使，非美迁也。

武臣换文资者，太宗时白州刺史钱昱换秘书监，迁工部侍郎，复换观察使。

真宗优待王冀公，景德中罢参知政事，始置资政殿学士以命之。宰相寇莱公颇抑之，令班翰林之下。乃命为大学士，冀公请铸印，不许，遂领尚书都省，以都省自有印也。

后唐明宗以枢密使安重诲不通文义，置端明殿学士，以翰林学士冯道、赵凤为之，班枢密使之后，食于其院。端明殿即西京正衙殿也，本朝程侍郎羽为之。后随殿名改为文明殿学士，李司空昉尝为之。庆历中以同永定谥号，改为紫宸殿学士，丁文简罢参知政事为之。何右丞郯时为御史，言"紫宸"非人臣所称，又改为观文殿学士。未几，贾魏公以使相换仆射，因置大学士处之，仍诏非历宰相不除。明道中，改承明殿为端明殿。会先公自南都召归，特置学士，班翰林、资政之下，与旧职名同，而立位异矣。

唐姚南仲不历尚书、侍郎，而入省便为仆射。近世郑文肃、刘丞相、张尚书方平、王宣徽拱辰、滕侍读甫，皆不历郎中、员外，而便为谏议大夫；吕给事惠卿、邓中丞润甫亦然。

尚书省二十四司，唐世以事简者兼学士、舍人，本朝唯重左曹。馆职、提点刑狱例得名曹，省府判官、转运使得名曹，又迁左曹。学士、舍人、待制迁二资，带史撰，更得优迁。如苏仪甫自刑部员外郎迁礼部郎中，王原叔自工部郎中迁吏部郎中是也。朝官带史撰亦得优迁，李邯郸自博士为礼部员外郎，贾魏公自司封员外郎为礼部郎中是也。景祐中，宋景文修乐书成，迁工部员外郎。庆历中，吕仲裕、王原叔修《崇文总目》成，并为工部员外郎。予预修《唐书》，亦忝此官。又朝选久不磨勘者，郭谏议申锡迁右司员外郎，祖择之工部员外郎，张修撰问礼部郎中。

迩英阁，讲讽之所也。阁后有隆儒殿，在丛竹中，制度特小。王原叔久在讲筵而身品短，同列戏之曰："宜为隆儒殿学士。"

孙之翰言：太祖一日召对赵中令，出取幽州图以示之。赵令详观称叹，曰："是必曹翰所为也。"帝曰："何以知之？"普对："方今将帅材谋，无出于翰。此图非翰，他人不可为也。翰往，必可得幽州；然既得幽州，陛下遣何人代翰？"帝默然，持图归内。

杨庶几孜言：胡秘监旦退居襄阳，镵大砚以著《汉春秋》，书成，瘗其砚。每闻大臣名士薨卒，必作传以纪其善恶，然世不传，庶几亦自有所述。

杜甫终于耒阳，稿葬之。至元和中，其孙始改葬于巩县，元微之为志。而郑刑部文宝谪官衡州，有《经耒阳杜子美墓》诗。岂但为志而不克迁，或已迁而故冢尚存耶？

唐官有定员，阙则补之。后唐长兴二年，诏诸州得替节度、防御、团练使、刺史，并令随常朝官逐日立班。二年，敕免常朝，令五日赴起居。国初尚多前资官，今阁门仪制尚有见任、前任节度、防御、团练使。

太宗时始置磨勘差遣院，后改为审官。真宗时，京朝官四年乃得迁。天圣中，方有三年之制，而在外任者不得迁，须至京引对，乃得改秩。明道中，始许外任岁满亦迁。时恭谢天地覃恩，不隔磨勘，有并迁者，于是朝士始多。皇祐明堂覃恩，隔磨勘，人情苦其不均。英宗与上即位，故复用恭谢之例。

建隆至天禧，每朝廷大礼，二府必进官。天圣二年南郊，吕许公恳言之，乃止。自是加恩而已。

每大礼，两府加恩，功臣、阶勋、食邑、实封，内得三种；学士至待制、大两省，得阶勋而下二种；大卿监至少卿监一种，得加食邑；郎中而下至朝京官一种，阶勋而已。

凡加食邑，宰相千户，实封四百户；馀降麻官，食邑七百户，实封三百户；直学士以上食邑五百户，实封二百户；舍人、待制、散尚书至少卿监以上，食邑三百户，实封一百户。

凡食邑三百户，封县开国男，五百户封子，七百户封伯，千户封郡侯，二千户封公，千五百户以上始加实封。

唐大帝时始有同中书门下三品，时中书令、侍中皆正三品，大历中并升为二品。晋天福五年，升中书门下平章事为正二品。国初枢密使吴延祚以父讳璋，加同中书门下二品，用升品也。

每南郊大礼，循唐制命五使：宰相为大礼使，学士为礼仪使、卤簿使，御史中丞为仪仗使，知开封府为桥道顿递使。而礼仪使本太常卿事，尚书兵部主字图，卤簿使是其职也。仪仗使排列之，而卤簿使督摄之，其职事颇相通。真宗时东封西祀，奉祀皆辅臣为五使，南郊则用学士而下。仁宗籍田、恭谢大飨明堂、祫飨上大飨，并循真庙之制。

卷中

予尝判官告院、知制诰，时又提举兵、吏司封，官告院而不白司勋，恐遗之也。凡文臣及节度、观察、防、团、刺史、诸司使副、内殿承制崇班，皆用吏部印。管军至军校环卫官用兵部印，封爵命妇用司封印，加勋用司勋印。

凡官告之制，后妃，销金云龙罗纸十七张，销金褾袋，宝装轴，红丝网，金铢楷。公主，销金大凤罗纸十七张，销金褾袋，瑃瑘轴，红丝网，涂金银铢楷。按皇后当降制诞告，不装告身而用册。本朝诸后皆止用告。景祐元年，立后始用册。治平、熙宁皆循之。亲王、宰相、使相，背五色金花绫纸十七张，晕锦褾袋，犀轴，色带，紫丝网，银铢楷。枢密使、三师、三公、前宰相至仆射、东宫三师、嗣王、郡王、节度使，白背五色金花绫纸十七张，晕锦褾袋，犀轴，色带。参知政事、枢密副使、知院、同知院、签书院事、宣徽使、仆射、东宫三师、御史大夫、宗室率府副率以上，白背五色绫纸十七张，晕锦褾袋，牙轴，色带。尚书、观文殿大学士，资政殿大学士、东宫三少、六统军、上将军、留后、观察使同上，惟用法锦褾。近者用翠毛狮子锦以代晕锦，非旧制也。三司使、翰林学士承旨至直学士、待制、丞郎、御史中丞、大两省宾客、大卿监、祭酒、詹事、庶子、大将军、防团刺史、横行使、内诸司使、军职遥郡、枢密都承旨、初除驸马都尉，白绫大纸七张，法锦褾，大牙轴，色带。三司副使、少卿监、司业、起居郎至正言、知杂至监察御史、郎中、员外郎、四赤令、谕德、少詹事、家令、率更令、太子仆、太常博士、节度行军司马、副使、横行副使、诸司副使、枢密副承旨、军职都指挥使、忠佐马军步军都军头以上、藩方马步军都指挥使，并不遥郡者，白绫大纸七张，大锦褾，牙轴，青带。国子博士至洗马、通事舍人、诸王友、六尚奉御、诸卫将军、承制、崇班、阁门祗候、五官正、诸州别驾、枢密院诸房承旨、如官至将军以上，用大绫纸、大锦褾、大牙轴。两使判官、防团副使、率府率、副率、京官馆职、堂后官、中书枢密院主事、诸军职都虞候、忠佐马军步军副都军头、诸班指挥使、藩方马步军副都指挥使、都虞候、内供奉官至内品，白绫中纸五张，中锦褾，中牙轴，青带。秘书郎至将作监主簿，白绫小纸五张，黄锦褾，角轴，青带。幕职州县官、灵台郎、保章正、诸州长史司马、中书录事、主书守当官、枢密院令史、书令史、诸军指挥使、内品待诏、书艺，白绫小纸五纸，小锦褾，木轴，青带。诸蕃蛮子大将军司、阶司、戈司候郎将以上，并白绫大纸，法锦，大牙轴，色带。凡修仪、婉容、才人、贵人、美人，销金小凤罗纸七张，销金褾袋，璩瑁轴，红丝网，涂金银帓楷。司言、司正、尚衣、尚食、典宝常使，金花罗纸七张，法锦褾袋。内降夫人、郡君，团窠罗纸七张，晕银褾袋。宗室妇常使，金花罗纸七张，法锦褾袋。宗室女，素罗纸七张，法锦褾袋。国夫人，销金团窠五色罗纸七张，晕锦褾袋。郡夫人，常使金花罗纸七张，见任两府母、妻使团窠。法锦褾袋。以上至司言、司正等，皆用璩瑁紫丝网，帓楷。郡君、县太君、遥郡刺史、正郎以上妻并销金，常使罗纸七张，余命妇并素罗纸七张。

凡封赠父祖为降麻官，用白背五色绫纸，法锦褾，大牙轴。余虽极品，止给大绫纸，法锦褾，大牙轴。

凡朝士父在，经大礼推恩得致仕官，不给奉。父任陞朝官以上致仕，自得奉。旧制若因其子更加秩，则不给奉。

凡宰相、使相，母封国太夫人，妻封国夫人。枢密使、副使、参知政事、尚书、节度使，母封郡太夫人，妻封郡夫人。枢密、参政母，经南郊封国太夫人。直学士以上给谏、大卿监、观察使，母封郡太君，妻封郡君。旧制学士官至谏议大夫以上，方得郡封，天禧中诏改之。少卿监、防团以下至陞朝官，母封县太君，妻封县君。

凡辅臣、宣徽使初入，封三代为东宫三少。曾祖为少保，祖为少傅，父为少师。因进官或遇大礼，进加至太师。两令、国公、使相、节度使，亦封三代。尚书、资政殿大学士、三司使，封二代，至太尉。大学士自如两府例。学士至待制，封一代，至太尉。余陞朝官以上，至吏部尚书。父历两府，赠至师令、国公。历两制、大两省，赠至太尉。唐相止赠一代，权德舆罢相，为检校吏部尚书、兴元节度使，自润州改葬其父于东都亡祖之域。其祖倕终右羽林军录事参军，因表纳检校吏部尚书兼御史大夫，请回赠祖一官，诏不许纳官，特赠倕尚书、礼部郎中。德舆在迁祔式假内，公事皆差官勾当，有敕使及别奉诏命,即令权服惨服承进止。

唐制,宰相不兼尚书左、右丞,盖仆射常为宰相,而丞辖留省中领事。元和中,韦贯之为右丞、平章事,不久而迁中书侍郎。又仆射、给谏皆不为致仕官,然杨于陵为左仆射致仕。本朝沈相伦亦以仆射致仕。

唐节度使除仆射、尚书侍郎,谓之"纳节",皆不降麻,止舍人院出制。天禧中,丁晋公自保信军节度使除吏部尚书、参知政事,先公在西阁当制。至和中,韩魏公自武康军节度使除工部尚书、三司使,降麻,非故事也。

皇祐中,宗衮请置家庙,下两制礼官议,以为庙室当灵长,若身没而子孙官微,庙即随毁。请以其子孙袭三品阶勋及爵,庶常得奉祀,不报。

秘府有唐孟诜《家祭仪》、孙氏仲《飨仪》数种,大抵以士人家用台卓享祀,类几筵,乃是凶祭;其四仲吉祭,当用平面毡条屏风而已。

汉乾祐中,除枢密使始降麻,如将相之制,本朝循之。石元懿罢为仆射,亦降麻;高文庄、田宣简、吕宝臣罢,止舍人院出告。

天圣中修国史,王安简、谢阳夏、李邯郸、黄唐卿为编修官。安简神情冲澹,唐卿刻意篇什,谢、李尝戏为句曰:"王貌闲如鹤,黄吟苦似猿。"

天圣中钱文僖留守西都,而应天院有三圣御像,去府仅十里,朔望集众官朝拜,未晓而往,朝拜毕,三杯而退。文僖戏为句曰:"正好睡时行十里,不交谈处饮三杯。"又有人送驴肉,复曰:"厅前捉到须依法,合内盛来定付厨。"

宗衮尝赏黄子温诗。子温名孝恭,天圣八年登进士第,为大理寺丞,失官。其从兄子思亦善诗,《咏怀》曰:"日者未知裴令贵,世人争笑祢生狂。"《重午》曰:"风檐燕引五六子,露井榴开三四花。"子思名孝先,天圣二年登进士第,终太常博士。

治平三年,予为知制诰。夏六月,梦丞相遣朱衣吏召,命草某人为邃清殿学士制。既寤,不能记其姓名及其文词也。明年五月甲辰,丞相遣朱衣吏召当制舍人吕缙叔草制,除邵不疑为宝文阁学士。后数日,得承旨张公所作诏云:"乃规层宇,正字犯御名。邃在西清。"恍然记去岁之梦与诏文，离合其名若符契焉。

尊号起于唐，中宗称应天神龙皇帝，后明皇称开元神武皇帝，自后率如之。陆贽尝以谏德宗。宗衮著《尊号录》一篇，系以赞云："损之又损，天下归仁。"盖托讽焉。上即位，群臣凡再上尊号，率不许。

李尚书维有三兄，文靖丞相、赞尚书虞部员外郎、源太子中舍，皆五十八而终。尚书亦是岁大病，恳言于朝，乃罢翰林学士，换集贤院学士，出知许州。王给事博文与其子景彝皆贰枢，然并逾月而终。

欧阳少师言为河北都转运使，冬月按部至沧、景间，于野亭，夜半闻车旗兵马之声，几达旦不绝。问宿彼处人，云："此海神移徙，五七年间一有之。"

致政王侍郎子融言：天圣中归其乡里青州时，滕给事涉为守，盛冬浓霜，屋瓦皆成百花之状，以纸摹之，其家尚余数幅。

凡节度州为三品，刺史州为五品。唐内臣为中尉，惟赠大都督。国初曹翰以观察使判颍州，是以四品临五品州也。品同为"知"，隔品为"判"。自后惟辅臣、宣徽使、太子太保、仆射为判，余并为知州。

参知政事父见其进拜者：卢朱崖、吴正肃与尚书张公安道；枢副陈尧叟、张文孝、吴文肃，由登用而朝廷多峻加其父恩命。

唐时黄河不闻有决溢之患。《唐书》惟载薛平为郑滑节度使，始河溢瓠子东，泛滑，距城才二里许。平按求故道，出黎阳西南，因命其从事裴宏泰往请魏博节度使田弘正，弘正许之。乃籍民田所当者易以他地，疏导二十里，以杀水悍。还壖田七百顷于河南，自是滑人无患。此外无所纪。盖河朔地天宝后久属蕃臣，而事不闻朝廷也。而汴河亦不闻疏通之事，惟《郑畋集》载为相时，汴河淀塞，请令河阳节度使于汴口开导，仍令宣武、感化节度使严帖州县，封闭公私斗门。感化即徐州也。

唐两京皆有三馆，而各为之所，所以逐馆命修撰文字。本朝三馆合为一，并在崇文院中。景祐中命修《总目》，则在崇文院，余各置局他所，盖避众人所见。《太宗实录》在诸王赐食厅，《真宗实录》在元符观。祥符中修《册府元龟》，王文穆为枢密使领其事，乃就宣徽南院厅以便其事。自后遂修国史、会要，名曰编修院。又修《仁宗实录》，而

《英宗实录》同时并修，遂在庆宁宫史馆，领日历局，置修撰二员，宰相为监修。自置编修院，以修撰一人主之，而日历等书皆析归编修院。

唐在京文武官职事九品以上，朔望日朝。其文官五品以上及监察御史、员外郎、太常博士，每日参。武官五品以上，仍每月五日、十一日、二十一日、二十五日参。三品以上，九日、十九日、二十九日又参。王沂公家一本云，四品以上九日、十九日、二十九日再参。其长上、折冲、果毅，若文武散官五品以上、直诸司及长上者，各准职事参。其洪正字犯宣祖庙讳。文馆及国子监博士、学生每季参。若雨雪沾服失容及泥潦，并停。以上唐仪制令。凡京百司有常参官，谓五品以上职事官，八品以上供奉官。以上《唐六典》。正正字犯仁宗嫌名。元二年，敕文官充翰林学士、皇太子诸王侍读，武官充禁军职事，并不常朝参。其在三馆等诸职掌者，并朝参讫，各归所务。是年御史中丞窦参奏："常参文武官，准令每日参，自艰难以来，遂许分日。待戎事稍平，即依常式。其武官准令五品以上每月六参，三品以上更加三参。顷并停废，今请准令却复旧仪。"十三年，御史台奏："诸司常参，文官隔假三日以上并以横行参假。其武班每月先配九参、六参，九参谓一月九次，六参谓一月六次。今后每经三节假满，纵不是本配入日，并依文官例横行参假。"以上《唐会要》。后唐同光二年，四方馆奏："今后除随驾将校及外方造奉专使，文武两班三品以上官可于内殿对见，其余并请正衙。"从之。天成元年，御札赐文武百僚每日正衙常朝外，五日一赴内殿起居。每月朔望日赐廊下食。唐室承平时，常参官每日朝退赐食，谓之"廊餐"。自乾符乱离罢之，惟月旦入阁日赐食。明宗即位，谏官请文武百僚五日一起居，见帝于便殿。李琪以为非故事，以五日为繁，请每月朔望日入阁，赐廊下食，罢五日起居之仪。至是宣旨朔望入阁外，五日一起居以为常。天成元年，敕今后若遇不坐正殿日，未御内殿前，便令阁门使宣不坐放朝，班退。是年御史台奏："凡新除官及差使者，合于正衙谢辞。每遇内殿起居日，百官不于正衙叙班，其差使及新除官辞谢，不令参谢。每内殿起居日，百僚先叙班于文明殿庭，候辞谢官退，则班入内殿。"从之。晋天福二年，中书门下奏："在内廷诸司使等，每除正官，请令赴正衙谢后，不赴常朝。其京官未升朝官，祗赴朔望朝参。"从之。以上《五代会要》。国朝诸在京文武升朝官每日朝，其有制免常朝者五日一参起居。国朝令文。按唐制，文武职事官并赴常参，武班五日一参，又有三日一参，五日参并朔望为六参，三日参乃九参。所谓常参官未有无职事者。由后唐同光中，乃分常朝、内殿，凡随驾将校、外方进奉使、文武三品以上官，即于内殿对见，其余并诣正衙。至天成初，诏文武百官每日常朝外，五日一赴内殿起居。其趋朝官遇宣不坐，放朝各退归司。本朝视朝之制：文德殿曰外朝，凡不厘务朝臣日赴，是谓"常朝"。垂拱殿曰内殿，宰臣枢密使以下要近职事者并武班日赴，是谓"常起居"。每五日，文武朝臣厘务、令厘务并赴内朝，谓之"百官大起居"。是则奉朝之制自为三等。盖天子坐朝，莫先于正衙殿，于礼群臣无一日不朝者，故正衙虽不坐，常参官犹立班，俟放朝乃退。唐有职事者，谓之常参；今隶外朝不厘务者，谓之常参。

唐日御宣政，设殿中细仗、兵部旗幡等于廷，朝官退，皆赐食。自开元后，朔望宗庙上牙槃食，明皇意欲避正殿，遂御紫宸殿，唤仗入阁门，遂有"入阁"之名。在唐时殊不为盛礼。唐末常御殿，更无仗，遇朔望特设之，趋朝者仍给廊下食，所以郑谷辈多形于诗咏叹美，而五代行之不绝。祖宗数御文德殿，行入阁礼。熙宁二年，予被诏修阁门仪制，以为文德入阁非是，当唤仗御紫宸殿，请下两制与太常议之。学士承旨王公珪等以为入阁是唐日坐朝之仪，不足行，诏削去其礼。予与阁门诸君因请如唐御宣政礼，量设仗卫御之。诏乃可。今朔望御文德殿，始于此也。阁门有旧入阁图，颇约其礼而简便之。凡文武官百人，执仗四百人，其五龙五凤五岳五星旗、御马皆立殿门之外。旧制，凡连假三日而著于令者，宰相至升朝官尽赴文德殿参假，谓之"横行"。次日百官仍赴内殿起居。近年连假后多便起居，而废"横行"之礼。

吏部流内铨，每除官皆云权、判，正衙谢，复正谢前殿，引选人谢辞，繇唐以来，谓之"对扬"。判铨与选人同入起居毕，判铨于殿廷近北西向立，选人谢辞讫，出，判铨官亦谢而出。近止令选人门谢辞，判铨不复入。

魏野居于陕郊，其地颇有水竹之胜，客至，必留连饮酒。真宗时聘召不起,天禧中卒,赠秘书省著作郎。野子闲,有父风,皇祐中天章阁待制李公昭遇守陕,言于朝,赐号清逸处士。

古者将葬,请谥以易名,近世多槁殡或已葬而请谥。唐独孤及谥郭知运,而右司员外郎崔夏以为知运葬已五十年,今请易名,窃恐非礼。及以为请谥者五家,皆在葬后,苗太师一年,吕谭四年,卢奕五年,颜杲卿八年,独知运遂以过时见抑,且八年与五十年,其缓一也,与夺殊制不可。遂谥知运曰"威"。

国朝以来博士为谥,考功覆之,皆得濡润。庆历八年,有言博士以美谥加于人,以利濡润,有同纳赂。有诏不许收所遗,于是旧臣子孙竞来请谥。既而礼院厌其烦,遂奏厘革。嘉祐中李尚书维家复来请谥,博士吕缙叔引诏以罢之。

唐制,兼官三品得赠官,如韩文公曾为京兆尹兼御史大夫,后终吏部侍郎,而赠礼部尚书是也。又观察使多赠两省侍郎,以就三品得谥。国初以来,惟正官三品方得谥,兼官赠三品不得之。真宗命陈彭年详定,遂诏文武官至尚书、节度使卒,许辍朝,赠至正三品,许请谥。而史失其传。宝元中光禄卿知河阳郑立卒而辍朝,非故事也。

上元然镫,或云沿汉祠太一自昏至昼故事,梁简文帝有《列镫赋》,陈后主有《光璧殿遥咏山镫》诗。唐明皇先天中,东都设镫;文宗开成中,建镫迎三宫太后,是则唐以前岁不常设。本朝太宗时三元不禁夜,上元御乾元门,中元、下元御东华门,后罢中元、下元二节,而初元游观之盛,冠于前代。

《周礼》四时变国火,谓春取榆柳之火,夏取枣杏之火,季夏取桑柘之火,秋取柞楢之火,冬取槐檀之火。而唐时惟清明取榆柳火以赐近臣戚里,本朝因之,惟赐辅臣戚里、帅臣、节察、三司使、知开封府、枢密直学士、中使,皆得厚赠,非常赐例也。

唐曲江开元、天宝中旁有殿宇,安史乱后尽圮废。文宗览杜甫诗云"江头宫殿锁千门,细柳新蒲为谁绿",因建紫云楼、落霞亭,岁时赐宴。又诏百司于两岸建亭馆。太宗于西郊凿金明池,中有台榭,以阅水戏,而士人游观无存泊之所,若两岸如唐制设亭,即逾曲江之盛也。

太宗时建东太一宫于苏邸,遂列十殿,而五福、君綦二太一处前殿,冠通天冠,服绛纱袍,余皆道服霓衣。天圣中建西太一宫,前殿处五福、君綦、大游三太一,亦用通天、绛纱之制,余亦道冠霓衣。熙宁五年建中太一宫,内侍主塑像,乃请下礼院议十太一冠服,礼院乃具两状,一如东西二宫之制,一请尽服通天、绛纱。会有言亳州太清宫有唐太一塑像,上遣中使视之,乃尽服王者衣冠,遂诏如亳州之制。

绿甤器始于王冀公家,祥符、天禧中每为会,即盛陈之。然制自江南,颇质朴。庆历后浙中始造,盛行于时。嘉祐初充国公主降李玮,时少师欧阳公长礼台,与诸博士折衷婚礼,颇放古制。治平中,邵不疑以知制诰权知谏院,请选官撰本朝冠丧祭之礼,乃诏礼院详定,遂奏请置局于本院,不许,因循寝之。

皇祐二年七月,李侍中用和卒,诏辍视朝。下礼院乃检会李继隆例,院吏用印纸申请,自二十一日至五日辍朝。而二十四日太庙孟飨,在辍朝之内,同知院范侍郎镇引《春秋》仲遂卒犹绎,请罢飨。判寺宋景文以日遽集议不及止之。会缙见大中祥符三年四月敕,石保吉卒,辍四日、五日、七日朝三日,其六日太庙孟飨,已是大祠,不坐。又二十六日,宣祖忌,行香奉慰。予时同知院,欲请移辍二十七日朝,判寺王原叔言与申请反覆,遂亦止。

欧阳少师提总修太常因革礼,遣姚子张辟见问:"太祖建隆四年南郊,改元乾德,是岁十一月二十九日冬至,而郊礼在十六日,何也?"乃检日历,其赦制云:"律且协于黄钟,日正临于甲子。"乃避晦而用十六日甲子郊也。及修《实录》,以此两句太质而削去之,遂失其义。皇祐二年当郊,而日至复在晦,宗衮遂建明堂之礼。

张唐公言:徐常侍谪邠州时,柳仲涂开为守,顷之郑仲贤文宝为陕西转运使。郑即骑省门人也,到官即来致谒。而仲涂郡务不举,颇惮其来,乃先恳于徐公。郑既谒见,徐曰:"柳侯甚奉畏。"郑翌日而还。

列子庙在郑州圃田,其地有小城,貌甚古。相传有唐李德裕、王起题名,而前辈留纪甚多。景祐中王文惠公为章惠太后园陵使还,请增葺之,于是旧迹都尽,今其榜陈文惠之笔。

孟州汜水县有武牢关城,城内有山数峰,一峰上有唐昭武庙。按李德裕《会昌一品集》载昭武庙乃神尧、太宗塑像,今殿内有二人立,而以冠传付之貌。或云失二帝塑像,而但存侍者故也。

李文正公罢相为仆射,奉朝请,居城东北隅昭庆坊。去禁门辽远,每五鼓则兴,置《白居易集》数册于茶镣中,至安远门仗舍然烛观之,俟启钥,则赴朝。雍熙二年三月,诏中书申后两棒鼓出,枢密院申后四棒鼓出。

开宝六年六月,敕参知政事薛居正、吕馀庆于都堂与宰臣赵普同议公事。是月又敕中书门下押班、知印及祠祭行香,今后宜令宰臣赵普与参知政事薛居正、吕馀庆轮知。既而复有厘革。

雍熙四年,文德殿前始置参政砖位,在宰相之后。至道中,寇莱公为参知政事,复与宰臣轮日知印、正衙押班,其砖位遂与中书门下一班,书敕齐列衔,街衢并马。宰相、使相上事,并有公事,并升都堂。及莱公罢,遂诏只令宰臣押班、知印,参政止得轮祠祭行香,正衙砖位次宰臣之下立,凡有公事并与宰臣同升都堂,如宰臣、使相上事,即不得升。

景德四年六月,敕臣僚自外到阙及在京主执如有公事,并日逐于巳时以前,中书、密院聚厅相见。其后复分厅见客。庆历八年禁止之,如景德之制。

太宗制笏头带以赐辅臣,其罢免尚亦服之。至祥符中,赵文定罢参知政事为兵部侍郎,后数载除景灵宫副使,真宗命廷赐御仙花带与绣鞯,遂服御仙带。自后二府罢者,学士与散官通服此带,遂以为故事。予亲见蔡文忠罢参知政事为户部侍郎服此带,盖曾为学士,用诏文金带,曾经赐者许系之。先公为翰林及侍读两学士,清灾落职,为中书舍人仍旧服金带,旧例皆如此。景祐三年八月,方著诏。其宰相罢免,虽散官并依旧服笏带。李文定天圣中自秘书监来朝,除刑部侍郎,并服笏带。近有罢参政者黑带佩鱼而入,非故事也。入两府自黑带赐笏带者,太宗朝例甚多。祥符中张文节自待制为中丞而参政事,天圣中姜侍郎自三司副使为谏议大夫而枢密,并赐如上。

卷下

京城士人旧通用青绢凉伞，大中祥符五年九月，惟许亲王用之，余并禁止。六年六月，始许中书、枢密院依旧用伞出入。

丁晋公天禧中镇金陵，临秦淮建亭，名曰"赏心"。中设屏及唐人所画《袁安卧雪图》，时称名笔。后人以《芦雁图》易之。嘉祐初王侍郎君玉守金陵，建白鹭亭于其西，皆栋宇轩敞，尽览江山之胜。

唐成都府有散花楼，河中有薰风楼、绿莎厅，扬州有赏心亭，郑州有夕阳楼，润州有千岩楼。今皆易其名，或不复见。

秘府书画，予尽得观之。二王真迹内三两卷，有陶穀尚书跋尾者尤奇。其画梁令瓒《二十八宿真形图》、李思训著色山水、韩滉《水牛》、东丹王《千角鹿》，其江南徐熙、唐希雅、蜀黄筌父子画笔甚多。

王祁公家有晋诸贤墨迹，唐相王广津所宝有"永存珍秘"图刻，阎立本画《老子西升经》，唐人画《锁谏图》。王冀公家褚遂良书唐太宗《帝京篇》、《太宗见禄东赞步辇图》。钱文僖家书画最多，有大令《黄庭经》、李邕《杂迹》。钱宣靖家王维《草堂图》，周安惠家献之《洛神赋》，苏侍郎家《魏郑公谏太宗图》。楚枢密有江都王《马》，王尚书仲仪有《回文织锦图》。以上皆录见者。

扬州后土庙有琼花一株，或云自唐所植，即李卫公所谓"玉蕊花"也。旧不可移徙，今京师亦有之。

近人有收《汉祖过沛图》者，画迹颇佳，而有僧，为观者所指，翌日，并加僧以幅巾。

今阁老王胜之转运两浙，于民家得唐沈既济所撰《刘展乱纪》一卷。时《唐书》已成，所载展事殊略。按展上元元年为宋州刺史，与御史中丞李铣皆副淮西节度使王仲昇。铣贪暴无法，而展性刚鲠不折，王仲昇奏铣状而诛之，次谋及展。然展居睢阳，有兵权，难遽图。乃与监军使邢延恩矫诏以展为都统江南、淮南节度防御使，代李峘，欲其赴镇，于涂中执之也。展颇以为疑，遣使请符节于峘，既得之，悉举睢阳兵七千人赴广陵。延恩始约李峘与淮南东道节度使邓景山图展,及事露,传檄州郡,言展反状,发兵距之。展亦露布言李峘反,而南北警急,文檄交驰于道。景山渡淮,陈于徐城洪,为展所败,又破李峘于下蜀。二年,命田神功举平卢军东下,展迎击,为神功再破之。遂弃广陵而奔江南,以舟师自金山引斗,神功有五船,而展杀其二船,后为贾隐林射展中目,因而斩之,传首京师,收器械三千余万。展既平,租庸使元载以吴越虽兵荒后民产犹给,乃辟召豪吏分宰列邑以重敛之,其州县赋调积有逋违,乃稽诸版籍,通校大数八年之赋,举空名以敛之。其科率之例不约户品之上下,但家有粟帛者,则以人徒围袭,如擒捕寇盗。然后簿录其产而中分之,甚者七八九,时人谓之"白著",言其厚敛无名,其所著者皆公然明白,无所嫌避。一云世人谓酒酢为"白著",既为刻薄之后,人不堪其困弊,则必颠沛酩酊,如饮者之著也。《刘晏传》中亦有"白著",与此差异。渤海高云有《白著歌》曰:"上元官吏务剥削,江淮之人多白著。"其所纪用兵次第甚详,此概举之云。

贾直孺在翰林,建言皇子不当为检校师傅,乃诏止除检校太尉。

九宫贵神,始天宝初术士苏嘉庆上言请置坛,明皇亲祠。及王玙为相,又劝肃宗亲祠。大和中,监察御史舒元舆论列,遂降为中祀。会昌中李德裕为相,复为大祀。宣宗时又降为中祀。乾符中宰相崔彦昭因岁旱祷雨获应,又升为大祀。

宗衮言:世传魏钟繇表云"疬愤怒之众","疬"非可通勉励之意,恐古人借使,又疑其误。

宰相三人者,赵中令太祖朝初相,太宗朝两入;吕文穆太宗朝再相,真宗朝一入;吕许公、张邓公仁宗朝皆三入。

学士三人,李文正、刘中山子仪;中山三人,《玉堂集》云:三入翰林皆待诏,杨昭度宣召入院,其举自代,皆宣献公。宋景文、范景仁四入;李邯郸五入而一不拜。

建隆三年十二月,班簿二百二十四员:文班一百五十四人,内南班一百一十人,两省二十七人,学士三人,留司十人;武班七十四人,内留司一十一人。

梁开平二年南郊,执仪仗兵士二千九百七十人。建隆四年郊,兵部执仪仗兵士一万三千六十人，太常寺鼓吹等二千六百四人、太仆寺推驾兵士六百八十二人，六军执擎人员兵士五百五十二人、左右金吾街仗各一百五十二人，左金吾仗三百五十八人，右金吾仗三百五十九人、殿中省押番人员并执擎兵士共五百三十一人，司天台一百六十二人，八司都四千三百七十三人，合兵部二万七千四百三十三人。

予家有范鲁公《杂录》，记世宗亲征忠正，驻跸城下，尝中夜有白虹自湤水起，亘数丈，下贯城中，数刻方没。自是吴人闭壁逾年，殍殕者甚众。及刘仁赡以城归，迁州于下蔡，其城遂芜废。又曰江南李璟发兵攻建州王延政，有白虹贯城，未几城陷，舍宇焚爇殆尽。

又曰近朝皇太后、皇后皆有印篆，文曰"皇太后之印"、"皇后之印"。故事，二宫立，各有宫名，长秋、长乐、长信之类是也，宜以宫名为文。至尊之位，亦不合言印，当云"某宫之宝"。

又曰近世诸王公主制中，称皇子、皇弟、皇女，疑"皇"字相承为例，止合云"第几子"、"第几弟"、"第几女"云。

又曰江南有国时，田每十亩蠲一亩半，以充瘠薄。

又曰罚俸例一品八贯，二品六贯，三品五贯，四品三贯五百，五品三贯，六品二贯，七品一贯七百五十，八品一贯三百，九品一贯五十。

又曰上古以来逐朝历名，黄帝起元用《辛卯历》，颛帝用《乙卯历》，虞用《戊午历》，夏用《丙寅历》，成汤用《甲寅历》，周用《丁巳历》，鲁用《庚子历》，秦用《乙卯历》，汉用《太初历》、《四分历》、《三统历》，魏用《黄初历》、《景初历》，晋用《元正字犯圣祖名。始历》、《合元》、《万分历》，宋用《大明历》、《元嘉历》，齐用《天保历》、《同章历》、《正象历》，后魏用《兴和历》、《正元历》、《正象历》，梁用《大同历》、《乾象历》、《永昌历》，后周用《天和历》、《丙寅历》、《明元正字犯圣祖名。历》，隋用《甲子历》、《开皇历》、《皇极历》、《大业历》，唐用《戊寅历》、《麟德历》、《神龙历》、《大衍历》、《元和观象历》、《长庆宣明历》、《宝应历》、《正元历》、《景福崇元正字犯圣祖名。历》，晋天福用《调元历》，周显德用《钦天历》云。本朝太祖用《应天历》，太宗用《乾元历》，真宗用《宜天历》，仁宗用《崇天历》，英宗用《明天历》，已而复用《崇天历》。

忠懿钱尚父自国初至归朝，其贡奉之物著录行于时，今大宴所施涂金银花凤狻猊、压舞茵蛮人及银装龙凤鼓，皆其所进也。凡献银、绢、绫、锦、乳香、金器、瑇瑁、宝器、通天带之外，其银香、龙香、象、狮子、鹤、鹿、孔雀，每只皆千余两，又有香囊、酒甖诸什器，莫能悉数。祥符、天圣经火，多爇去，今太常有银饰鼓十枚尚存。

外臣除节度使，景德前止舍人院作制，杨文公《外制集》议潘罗支、厮铎督朔方军节度数制是也。其后遂学士院降麻，如大礼加恩在将相后数日方下，然不锁院，不宣麻。近年遂同将相例，锁院告廷矣。

交州进奉使旧多遣兵马使，或摄管内刺史，或静海节度宾幕之职。及其归，多加检校官，或就迁其职，如行军司马、副使之类。近皆自称王官，又亦以王官命之。

尚书省旧制，尚书侍郎郎官不得著鞁鞋过都堂门。唐兵部、吏部侍郎郎官选限内不朝。今审官东西院、三班院皆预内朝，而流内铨止趋五日起居，疑循旧制也。

丁晋公、冯魏公位三公、侍中，而未尝冠貂蝉。杜祁公相甫百日，当庆历四年郊祠，貂冠公衮，又升辂奉册改谥诸后。

杜祁公罢相，知兖州，寓北郊佛寺以待兖州接人。逾再浃日，会宗衮自汶阳召还，过其寺造谒，而杜公曰：“处此几与在中书日同矣，旦莫北去，欲识壁云郭汾阳曾留此。”盖自戏其居位不久也。

杜祁公休退，居南都，客至无不见，止服衫帽。尝曰：“七十致政，可用高士服乎？”

唐宰相奉朝请，即退延英，止论政事大体，其进拟差除，但入熟状画可。今所存有《开元宰相奏请状》二卷，郑畋《凤池稿草》内载两为相奏拟状数卷，秘府有《拟状注制》十卷，多用四六，纪其人履历、性行、论请，皆宰相自草。五代亦然。寇莱公谓杨文公曰：“予不能为唐时宰相。”盖懒于命词也。今中书日进呈差除，退即批圣旨，而同列押字，国初范鲁公始为之。

李西枢宪成为知制诰，尚衣绯，出守荆南，召为学士，阁门举例赐金带，而不可加于绯衣，乃并赐三品服。太宗命制球路笏带赐辅臣，后虽罢免，亦服焉。赵文定罢参知政事，顷之除景灵宫副使，赐以御仙带。自后罢宰相仍服笏带，罢参枢皆止服御仙带。

江南有清辉殿学士，张公洎为之。蜀有丽文殿学士，韩昭为之。今契丹有乾文阁待制。

皇后有谥，起于东汉。自是至于隋，皆单谥，光烈阴皇后、明德马皇后、和熹邓皇后、文献独孤皇后是也。史家取帝谥冠其上以别之，如云光之烈皇后阴氏，明之德皇后马氏也，非谓欲连帝谥而名之也。然则质家尚单，文家尚复。后世或用复谥，如唐正 正字犯仁宗嫌名。 观中，长孙皇后谥文德，后太宗谥文皇帝，文德自是复谥。其议自用二名，偶同太宗之谥尔。中宗谥孝和，赵氏谥和思，言取帝谥配之。其后昭成、肃明、元献、章钦、正字犯翼祖庙讳。 叡真、昭德、庄宪诸后，皆不连帝谥。国初追尊四庙三祖之后，冠以帝谥。及杜太后崩，始谥明宪。未几，欲同三祖之后，遂改昭宪。及太祖诸后，自连“孝”字，太宗后连“德”字，真宗后连“庄”字，皆用复谥，非连帝谥为义。庆历中，乃言“孝”字连太祖谥，“德”字连太宗谥，遂改为“章”，以连真宗谥。且祖宗谥号皆十余字，岂止配一字为义？又太祖功烈，岂专以“孝”称？太宗后连“德”字乃在下，文与祖宗后谥文不对，可如东汉诸后单举之乎？皇祐中，予为礼官，龙图阁直学士赵周翰奏议甚详，下礼院，时新以“章”易“庄”，朝廷以宗庙事重，不欲数更张，遂寝其所奏。

祖宗朝使相、节度使未尝有领京师官局者，其奉朝请必改他官，多为东宫三少、上将军、统军。赵中令以使相自河阳还，除太子少保。至明道中，钱相始为景灵宫使。治平中，武康节度李公端愿始为醴泉观使。

至和中仁宗疾平，以太宗至道年升遐，深恶其年号，趣诏中书改之。是岁以郊为恭谢天地，改元曰嘉祐。

宋景文言，大、小孤山以孤独为字，有庙江壖，乃为妇人状。龙图阁直学士陈公简夫留诗曰：“山称孤独字，庙壤女郎形。过客虽知误，行人但乞灵。”时称佳句。

太祖时大卿监卒，皆辍朝一日。景德以前，文武官赠三品，皆不得谥，曾任三品官，乃得谥。真宗大中祥符中，命陈文僖公彭年重定，以正三品尚书、节度使卒，始辍朝；赠尚书、节度使，许定谥。自后遵用其制，而日历、实录、国史皆遗其事。

尚父钱忠懿王自太祖开基,贡献不绝。帝以其恭顺,待之甚厚。及讨江南,命为昇州东南面行营招抚制置使,屡献戎捷。及拔常州,拜守太师,依前尚书令兼中书令、吴越国王。又亲赴行营,帝益嘉之,诏令归国。江南平,亟请入觐,许之。既至,会太祖幸洛阳郊禋,西驾有日矣,诏趣其还。忠懿临别,面叙感恋,愿子孙世世奉藩。太祖谓曰:"尽吾一生,尽汝一生,令汝享有二浙也。"忠懿以帝赐重约,既得归,喜甚,以为大保其国矣。是岁永昌鼎成,后二年来朝,遂举版籍纳王府焉。

唐王及善曰:"中书令可一日不见天子乎?"太祖开宝九年,以中外无事,始诏旬假日不坐。然其日辅臣犹对于后殿,问圣体而退。至道三年三月二十九日旬假,是日太宗犹对辅臣,至夕帝崩。李南阳永熙挽词曰:"朝冯玉几言犹在,夜启金縢事已非。"时称佳作。至真宗时,旬假辅臣始不入。宝元中西事方兴,假日视事。庆历初乃如旧。

唐白文公自勒文集,成五十卷,后集二十卷,皆写本,寄藏庐山东林寺,又藏龙门香山寺。高骈镇淮南,寄语江西廉使,取东林集而有之。香山集经乱亦不复存。其后履道宅为普明僧院,后唐明宗子秦王从荣又写本置院之经藏,今本是也。后人亦补东林所藏,皆篇目次第非真,与今吴、蜀摹版无异。

夏郑公为宣徽使、忠武军节度使,自河中府徙判蔡州,道经许昌。时李邯郸为守,乃徙居他所,空使宅以待之。夏公以为知体。

凡公家文书之稿,中书谓之"草",枢密院谓之"底",三司谓之"检"。今秘府有梁朝宣底二卷,即正_{正字犯仁宗嫌名}。明中崇政院书也。检即州县通称焉。

祖宗时宰相罢免,唯赵令得使相,余多本官归班,参、枢亦然。天禧中张文节始以侍读学士知南京,天圣中王文康以资政殿学士知陕州。自庆历后,解罢率皆得职焉。

祖宗时唯枢密直学士带出外任,李尚书维罢翰林为集贤院学士、知许州,刘中山子仪自翰林为台丞,李宪成以翰林权使三司,皆薨出,并以枢密直学士。刘知颍州,李知洪州。蔡文忠以翰林兼侍读两学士改龙图阁学士,知密州。自翰林改龙图而出藩,繇文忠始也。近岁率带侍读及端明学士，邢公昺以侍读学士知曹州，孙宣公亦以侍讲知兖州，二公皆久奉劝讲，遂优以其职补外。自张文节以旧辅臣带侍读出守，至宝元年，梅公询始以侍读学士知许州，侍读带外任自梅公始也。其后翰林出者，率皆换此职。

晁文元公天禧中自翰林承旨换集贤院学士、判西京留台。吴正肃公皇祐中以资政殿学士，李少师公明嘉祐中以龙图阁直学士，并换集贤，判西台。近岁皆以禁职分台。

太宗命创方团球路带，亦名筭头带，以赐二府文臣。明道初，张徐公为枢密使兼侍中，独得赐之。皇祐初，李侍中用和以叔舅蕲赐，时王侍中贻永为枢密使，遂并赐之。其后曹侍中亦以叔舅而赐焉。

文穆王冀公天圣初再为相，既拜命谢恩，即请诣景灵宫奉真殿朝谢真宗皇帝。冀公仍以五百千建道场，托先公为斋文，其略曰："奉讳之初，谢病于外。临西宫而莫及，企南狩以方遥。"失其本，余不尽记。自后二府初拜恩入谢，既诣景灵宫，盖踵冀公故事也。

凡拜职入谢，多有对赐，拜官加勋封谢恩，虽二府亦无有。景德初，王冀公以参知政事判大名府召还，加邑封。时契丹方讲好，真宗欲重其事，冀公入谢，特命以衣带鞍马赐之。自后二府转官、加阶勋、封邑入谢，并有对赐。

庆历四年，贾魏公建议修《唐书》，始令在馆学士人供《唐书》外故事二件。积累既多，乃请曾鲁公、掌侍郎唐卿分厘，附于本传。五年夏，命四判馆、二修撰刊修。时王文安、宋景文、杨宣懿、今赵少师判馆阁，张尚书、余尚书安道为修撰。又命编修官六人：曾鲁公、赵龙阁周翰、何密直公南、范侍郎景仁、邵龙阁不疑与予，而魏公为提举。魏公罢相，陈恭公不肯领，次当宋元宪，而以景文为嫌，乃用丁文简。丁公薨，刘丞相代之。刘公罢相，王文安代之。王公薨，曾鲁公代之，遂成书。初景文修《庆历编敕》，未暇到局，而赵少师请守苏州，王文安丁母忧，张、杨皆出外，后遂景文独下笔。久之，欧少师领刊修，遂分作纪、志。鲁公始亦以编敕不入局。周翰亦未尝至，后辞之。公南过开封幕，不疑以目疾辞去，遂命王忠简景彝补其缺。顷之吕缙叔入居，刘仲更始修《天文》、《历志》，后充编修官。将卒业，而梅圣俞入局,修《方镇》、《百官表》。嘉祐五年六月,成书。鲁公以提举日浅,自辞赏典,唯赐器币。欧宋二公、范王与余,皆迁一官。缙叔直秘阁,仲更崇文院检讨,未谢而卒。圣俞先一月余卒,诏官其一子。初编修官作志草,而景彝分《礼仪》与《兵志》,探讨唐事甚详,而卒不用,后求其本,不获。缙叔欲作《释音补》,少遗逸事,亦不能成。

太尉旧在三师之下,繇唐以来以上公为重。李光弼自司空为太尉,薨,赠太保。郭子仪自司徒为太尉,薨,赠太师。李德裕自司徒为太尉,皆以超拜。李载义自司徒为太保,王智兴自司徒为太傅,二人卒,具赠太尉。是以上公宠待宗臣,余虽有功,可迁保、傅,而掌武之尊不可得也。五代至国初,节度使皆自检校太傅迁太尉,太尉迁太师,然无升秩明文。

北都使宅旧有过马厅,按唐韩偓诗云:“外使进鹰初得按,中官过马不教嘶。”注云:“上每乘马,必中官驭以进,谓之‘过马’。既乘之,躞蹀嘶鸣也。”盖唐时方镇亦效之,因而名厅事也。

唐明皇以诸王从学,名集贤院学士徐坚等讨集故事兼前世文辞,撰《初学记》。刘中山公子仪爱其书,曰:“非止初学,可为终身记。”

二府旧以官相压,李文正自文明殿学士、工部尚书为参知政事,而宋惠安公乃自左谏议大夫、参知政事迁刑部尚书,居其上。到祥符末,王沂公与张文节公同参知政事,王转给事中,张转工部侍郎,而班沂公下,意颇不悦。乃复还贰卿之命,止以旧官优加阶邑。自后第以先后入为次序。

太宗诏诸儒编故事一千卷,曰《太平总类》;文章一千卷,曰《文苑英华》;小说五百卷,曰《太平广记》;医方一千卷,曰《神医普救》。《总类》成,帝日览三卷,一年而读周,赐名曰《太平御览》。又诏翰林承旨苏公易简、道士韩德纯、僧赞宁集三教圣贤事迹各五十卷,书成,命赞宁为首坐,其书不传。真宗诏诸儒编君臣事迹一千卷,曰《册府元龟》,不欲以后妃妇人等事厕其间,别纂《彤管懿范》七十卷。又命陈文僖公衮历代帝王文章为《宸章集》二十五卷,复集妇人文章为十五卷,亦世不传。

枢密院问降宣故事具典故申院。按今有《梁朝宣底》二卷,载朱梁正正字犯仁宗嫌名。明三年、四年事，每事下有月日，云"臣李振宣"，或除官、差官，或宣事于方镇等处，其间有云"宣头"、"宣命"、"宣旨"者。梁朝以枢密院为崇政院，始置使，以大臣领之，任以政事。正正字犯仁宗嫌名。明年是李振为使，当时以宣传上旨，故名之曰"宣"。而枢密院所出文字之名也，似欲与中书"敕"并行。虽无所明见，疑降宣始自朱梁之时。晋天福五年，改枢密院承旨为承宣，亦似相合。其"底"，乃底本也，系日月姓名者，此所以为底。闻今尚仍旧名。熙宁七年六月十三日。

或问今之敕起何时，按蔡邕《独断》曰："天子下书有四：一曰策书，二曰制书，三曰诏书，四曰戒敕。"然自隋唐以来，除改百官必有告敕，而从"敕"字。予家有景龙年敕，其制盖须由中书门下省。故刘祎之云："不经凤阁、鸾台，何谓之敕。"唐时政事堂在门下省，而除拟百官必中书令宣，侍郎奉，舍人行，进入画"敕"字，此所以为敕也。然后政事堂出牒布于外，所以云"牒奉敕"云云也。庆历中，予与苏子美同在馆，子美尝携其远祖珦唐时敕数本来观，与予家者一同。字书不载"敕"字，而近世所用也。

皇祐二年仁宗始祀明堂，范文正公时守杭州，而杜正献致政居南都，蒋侍郎希鲁致政居苏州，皆年耆体康。范公建言朝廷阔礼，宜召元老旧德陪位于廷。于是乃诏南都起杜公，西都起任安惠公陪祀，供帐都亭驿以待焉。二公卒不至。加赐衣带器币，赐一子出身。自后前两府致政者，大礼前率有诏召之，然亦无至者。礼毕，皆赐衣带器币焉。

本朝两省清望官、尚书省郎官，并出入重戴。祖宗时两制亦同之。王黄州罢翰林，《滁州谢上表》云"臣头有重戴，身被朝章"是也。其后祥符、天禧间，两制并彻去之，非故事也。

祖宗时未有磨勘，每遇郊祀等恩皆转官，未满二载者不转官，例加五阶。王黄州自知制诰，未有勋便加柱国，在滁州为散郎，自承奉郎加朝散大夫阶。

宋偓，后唐明宗之外孙，汉太祖之驸马，历累镇节度、检校太师、同中书门下平章事。有女十五人，开宝皇后最居长，韩枢密崇训、寇莱公、王武恭公，皆其婿也，多享国封。

张尚书安道言：尝收得旧本《道家奏章图》，其天门有三人守卫之，皆金甲状，谓葛将军掌旗，周将军掌节。其一忘记。嘉祐初，仁宗梦至大野中，如迷错失道，左右侍卫皆不复见。既而遥望天际，有幡幢车骑乘云而至，辍乘以奉帝。帝问何人，答曰"葛将军也"，以仪卫护送帝至宫阙，乃寤。后诏令宫观设像供事之，于道书中求其名位，然不得如图之详也。

至道二年十一月，司天冬官正杨文镒建言历日六十甲子外，更留二十年。太宗以谓支干相承，虽止于六十，本命之外，却从一岁起首，并不见当生纪年。若存两周甲子，共成上寿之数，使期颐之人犹见本年号，令司天议之。司天请如上旨，印造新历颁行，可之。

本朝之制，凡需宥有大赦、曲赦、德音三种，自分等差。宗为言德音非可名制书，乃臣下奉行制书之名。天子自谓"德音"，非也。予按唐《常衮集》赦令一门总谓之"德音"，盖得之矣。

太宗淳化五年日历载，上谓侍臣曰："听断天下事直须耐烦，方尽臣下之情。昔庄宗可谓百战得中原之地，然而守文之道，可谓懵然矣。终日沉饮，听郑、卫之声与胡乐合奏，自昏彻旦，谓之聒帐。半酣之后，置歃酒篦，沉醉射弓，至夜不已。招箭者但以物击银器，言其中的。与俳优辈结十弟兄，每略与近臣商议事，必传语伶人，叙相见迟晚之由。纵兵出猎，涉旬不返，于优倡猱杂之中复自矜写春秋，不知当时刑政何如也。"苏易简书于时政曰："上自潜跃以来，多详延故老，问以前代兴废之由，铭之于心，以为鉴戒。"上来数事，皆史传不载，秉笔之臣得以纪录焉。

唐日历正正字犯仁宗嫌名。观十年十月，诏始用黄麻纸写诏敕。又曰上元三年闰三月戊子敕："制敕施行既为永式，比用白纸多有虫蠹，自今已后，尚书省颁下诸司及州下县，宜并用黄纸。"《魏志》刘放、孙资劝明帝召司马宣王，帝纳其言，即以黄纸令放作诏。

松 漠 纪 闻

[宋] 洪 皓 撰

阳羡生 校点

校 点 说 明

　　《松漠纪闻》作者洪皓（1088—1155），字光弼，宋饶州鄱阳（今属江西）人。徽宗政和五年（1115）进士。高宗建炎三年（1129），擢徽猷阁待制，以礼部尚书身份使金，金人逼其仕伪齐刘豫，不从，流放冷山（今吉林农安县北）。力拒接受金国官职，经十五年始还。后又因论事与秦桧不合，贬官，卒谥忠宣。皓博学强记，著述除本书外，有《鄱阳集》等。

　　据书后洪适、洪遵跋语介绍，《松漠纪闻》始作于留金期间，随笔纂录。及归宋时，惧为金人搜获，悉付诸丙丁。贬谪后，乃追记而成。时有私人著史之禁，秘不传。绍兴二十六年（1156），其长子洪适始校刊为正、续二卷行世。至乾道九年（1173），皓次子洪遵又补十一事附于书后，刊行于建业。书多记金国杂事，白山黑水间风俗民情、金国初期之建制以及怪奇异闻，赖本书始传于中土。《四库全书总目》谓："皓所居冷山，去金上京会宁府才百里，又尝为陈王（悟室）延教其子，故于金事言之颇详。虽其被囚日久，仅据传述者笔之于书，不若目击之亲切。中间所言金太祖、太宗诸子封号及辽林牙达失北走之事，皆与史不合；又不晓音译，往往讹异失真……所记虽真赝相参，究非凿空妄说者比也。"于书之得失评判，颇为削切。

　　《松漠纪闻》版本甚多，有《顾氏文房》本、《古今逸史》本、《四库全书》本、《学津讨原》本等。今以《学津讨原》本为底本，校以《顾氏文房》本、《四库全书》本。底本有误脱，径据他本改补，不出校记。

目　　录

松漠纪闻

女真，即古肃慎国也。东汉谓之挹娄，元魏谓之勿吉，隋唐谓之靺鞨。开皇中，遣使贡献，文帝因宴劳之。使者及其徒起舞于前，曲折皆为战斗之状。上谓侍臣曰："天地间乃有此物常作用兵意。"其属分六部，有黑水部，即今之女真。其水掬之，则色微黑，契丹目为混同江。其江甚深，狭处可六七十步，阔处至百步。唐太宗征高丽，靺鞨佐之战甚力。驻跸之败，高延寿、高惠真以众及靺鞨兵十余万来降，太宗悉纵之，独坑靺鞨三千人。开元中，其酋来朝，拜为勃利州刺史，遂置黑水府，以部长为都督刺史，朝廷为置长史监之，赐府都督姓李氏。讫唐世，朝献不绝，五代时始称女真。后唐明宗时，尝寇登州渤海，击走之。其后避契丹讳，更为女直，契丹之讳曰宗真。俗讹为女质。居混同江之南者谓之熟女真，以其服属契丹也；江之北为生女真，亦臣于契丹。后有酋豪，受其宣命为首领者，号太师。契丹自宾州混同江北八十余里建寨以守。予尝自宾涉江过其寨，守御已废，所存者数十家耳。生女真即金国也。

女真酋长，乃新罗人，号完颜氏。完颜犹汉言王也。女真以其练事，后随以首领让之。兄弟三人，一为熟女真酋长，号万户；其一适他国。完颜年六十余，女真妻之以女，亦六十余，生二子，其长即胡来也。自此传三人，至杨哥太师无子，以其侄阿骨打之弟谥曰文烈者为子，其后杨哥生子阀辣，乃令文烈归宗。

金主九代祖名龛福，追谥景元皇帝，号始祖，配曰明懿皇后。八代祖名讹鲁，追谥德皇帝，配曰思皇后。七代祖名恬海，追谥安皇帝，配曰节皇后。六代祖名随阔，追谥定昭皇帝，号献祖，配曰恭靖皇后。五代祖字董，名实鲁，追谥成襄皇帝，号昭祖，配曰威顺皇后。高祖太师，名胡来，追谥惠桓皇帝，号景祖，配曰昭肃皇后。曾祖太师，名核里颇，追谥圣肃皇帝，号世祖，配曰翼简皇后。曾叔祖太师，名蒲刺束，追谥穆宪皇帝，号肃宗，配曰静宣皇后。曾季祖太师，名杨哥，追谥孝平皇帝，号穆宗，配曰贞惠皇后。伯祖太师，名吴剌束，追谥恭简皇帝，号康宗，配曰敬僖皇后。祖名旻，世祖第二子，咸雍四年岁在戊申生，即阿骨打也，灭契丹，谥大圣武元皇帝，号太祖。同母弟二人，长曰吴乞买，次曰撒也。阿骨打卒，吴乞买立，名晟，谥文烈皇帝，号太宗，配曰明德皇后。今主名亶，阿骨打之孙，绳果之子。绳果追谥景宣皇帝。亶之配曰屠始坦氏。

　　阿骨打八子：正室生绳果，于次为第五；又生第七子，乃燕京留守易王之父。正室卒，其继室立亦生二子：长曰二太子，为东元帅，封许王，南归至燕而卒；次生第六子，曰蒲路虎，为兖王、太傅、领尚书省事。长子固砨，力本切。侧室所生，为太师、凉国王、领尚书省事。第三曰三太子，为左元帅，与四太子同母。四太子即兀术，为越王、行台尚书令。第八子曰邢王，为燕京留守，打球坠马死。自固砨以下，皆为奴婢。绳果死，其妻为固砨所收，故今主养于固砨家。及吴乞买卒，其子宋国王与固砨粘罕争立，以今主为嫡，遂立之。

　　吴乞买乙卯年卒，长子曰宗磐，为宋王、太傅、领尚书省事，与滕王、虞王皆为悟室所诛。次曰贤，为沂王、燕京留守。次曰滕王、虞王。袁王撒也称撘邬感切。板撘板，彼云大也。字极烈，吴乞买时为储君，尝谋尽诛南人。

　　闼辣封鲁王为都元帅，后被诛。其子太拽马亦被囚，因赦得出。庶子乌拽马，名勖，字勉道，今为平章。

　　粘罕者，吴乞买三从兄弟，名宗幹，小名乌家奴，本曰粘汉，言其貌类汉儿也。其父即阿卢里移赉粘罕，为西元帅，后虽贵，亦袭父官，称曰阿卢里移赉字极烈都元帅。字极烈，彼云大官人也。其庶弟名宗宪，字吉甫，好读书，甚贤。

　　悟室者，女真人，悟作邬音，或云悟失，名希尹，封陈王，为左相，诛宋、兖、滕、虞凡七十二王，后为兀术族诛。

　　回鹘自唐末浸微，本朝盛时，有入居秦川为熟户者；女真破陕，悉徙之燕山、甘、凉、瓜、沙，旧皆有族帐，后悉羁縻于西夏。唯居四郡外地者，颇自为国，有君长。其人卷发深目，眉修而浓，自眼睫而下多虬髯。土多瑟瑟珠玉，帛有兜罗绵、毛毡、狨锦、注丝、熟绫、斜褐，药有腽肭脐、硇砂，香有乳香、安息、笃耨；善造宾铁刀剑、乌金银器。多为商贾于燕，载以橐驼，过夏地，夏人率十而指一，必得其最上品者；贾人苦之，后以物美恶杂贮毛连中。毛连，以羊毛缉之，单其中，两头为袋。以毛绳或线封之，有甚粗者；有间以杂色毛者，则轻细。然所征亦不赀，其来浸熟，始厚赂税吏，密识其中下品，俾指之。尤能别珍宝，蕃汉为市者，非其人为侩，则不能售价。奉释氏最甚，共为一堂，塑佛像其中。每斋必刲羊，或酒酾，以指染血涂佛口，或捧其足而鸣之，谓为亲敬。诵经则衣袈裟作西竺语，燕人或俾之祈祷，多验。妇人类男子，白皙，著青衣，如中国道服然，以薄青纱幂首而见其面。其居秦川时，女未嫁者，先与汉人通。有生数子，年近三十，始能配其种类。媒妁来议者，父母则曰："吾女尝与某人某人昵。"以多为胜，风俗皆然。其在燕者，皆久居业成，能以金相瑟瑟为首饰，如钗头形，而曲一二寸，如古之笄状。又善结金线相瑟瑟为珥；及巾环，织熟锦、熟绫、注丝、线罗等物。又以五色线织成袍，名曰克丝，甚华丽。又善拈金线别作一等背织花树，用粉缴，经岁则不佳，唯以打换达靼。辛酉岁，金国肆眚，皆许西归，多留不反；今亦有目微深而髯不虬者，盖与汉儿通而生也。

　　嗢热者，国最小，不知其始所居，后为契丹徙置黄龙府南百余里，曰宾州，州近混同江，即古之粟末河、黑水也。部落杂处，以其族类之长为千户统之。契丹、女真贵游子弟及富家儿，月夕被酒，则相率携尊驰马戏饮。其地妇女闻其至，多聚观之，间令侍坐，与之酒则饮，亦有起舞歌讴以侑觞者。邂逅相契，调谑往反，即载以归。不为所顾者，至追逐马足，不远数里；其携去者，父母皆不问。留数岁有子，始具茶食酒数车归宁，谓之拜门，因执子婿之礼。其俗谓男女自媒，胜于纳币而昏者。饮食皆以木器，好置蛊，他人欲其不验者云：三弹指于器上，则其毒自解；亦间有遇毒而毙者。族多李姓，予顷与其千户李靖相知，靖二子亦习进士举，其侄女嫁为悟室子妇。靖之妹曰金哥，为金主之伯固砨侧室。其嫡无子，而金哥所生今年约二十余，颇好延接儒士，亦读儒书，以光禄大夫为吏部尚书。其父死，托宇文虚中、高士谈、赵伯璘为志。高、宇以赵贫，命赵为之，而二人书篆，其文额所濡甚厚，曾在燕识之。亦学弈象戏、点茶。靖以光禄知同州，昌墨有素，今亡矣。其论议亦可听，衣制皆如汉儿。

渤海国去燕京女真所都，皆千五百里，以石累城足，东并海。其王旧以大为姓，右姓曰高、张、杨、窦、乌、李，不过数种，部曲奴婢无姓者，皆从其主。妇人皆悍妒，大氏与他姓相结为十姊妹，迭几察其夫，不容侧室及他游，闻则必谋置毒，死其所爱。一夫有所犯而妻不之觉者，九人则群聚而诟之，争以忌嫉相夸，故契丹、女真诸国皆有女倡，而其良人皆有小妇侍婢，唯渤海无之。男子多智谋骁勇，出他国右，至有"三人渤海当一虎"之语。契丹阿保机灭其王大湮撰，徙其名帐千余户于燕，给以田畴，捐其赋入，往来贸易关市皆不征，有战则用为前驱。天祚之乱，其聚族立姓大者于旧国为王。金人讨之，军未至，其贵族高氏弃家来降，言其虚实。城后陷，契丹所迁民益蕃至五千余户，胜兵可三万。金人虑其难制，频年转戍山东，每徙不过数百家。至辛酉岁，尽驱以行，其人大怨。富室安居，逾二百年，往往为园池，植牡丹多至三二百本，有数十干丛生者，皆燕地所无，才以十数千或五千贱贸而去。其居故地者，今仍契丹，旧为东京，置留守，有苏、扶等州。苏与中国登州、青州相直，每大风顺，隐隐闻鸡犬声。阿保机长子东丹王赞华封于此，谓之人皇，王不得立，鞅鞅尝赋诗曰："小山压大山，大山全无力。羞见当乡人，从此投外国。"遂自苏乘筏浮海归唐。明宗善画马，好经籍，犹以筏载行。其国初仿唐置官司。国少浮图氏，有赵崇德者，为燕都运，未六十余，休致为僧，自为大院，请燕竹林寺慧日师住持，约供众僧三年费。竹林乃四明人，赵与予相识颇久。

古肃慎城四面约五里余，遗堞尚在，在渤海国都三十里，亦以石累城脚。

黄头女真者，皆山居，号合苏馆女真。合苏馆，河西亦有之，有八馆在黄河东，今皆属金人，与金粟城、五花城隔河相近。二城八馆旧属契丹，今属夏人。金人约以兵取关中，以三城八馆报之，后背约，再取八馆，而三城在河西，屡争不得。其一城忘其名。其人戆朴勇鸷，不能别死生，金人每出战，皆被以重札令前驱，谓之硬军。后役之益苛，廪给既少，遇卤掠所得，复夺之，不胜忿。天会十一年，遂叛，兴师讨之，但守遏山下，不敢登其巢穴。经二年，出斗而败，复降，疑即黄头室韦也。金国谓之黄头生女真，髭发皆黄，目精多绿，亦黄而白多，因避契丹讳，遂称黄头女真。

盲骨子，《契丹事迹》谓之朦骨国，即《唐书》所谓蒙兀部。

大辽道宗朝，有汉人讲《论语》至"北辰居所而众星共之"，道宗曰："吾闻北极之下为中国，此岂其地邪？"至"夷狄之有君"，疾读不敢讲，则又曰："上世獯鬻猃狁，荡无礼法，故谓之夷，吾修文物彬彬，不异中华，何嫌之有？"卒令讲之。

道宗末年，阿骨打来朝，以悟室从，与辽贵人双陆。贵人投琼不胜，妄行马，骨打愤甚，拔小佩刀欲刲之。悟室急以手握鞘，骨打止得其柄，杸其胸不死。道宗怒，侍臣以其强悍，咸劝诛之。道宗曰："吾方示信以待远人，不可杀。"或以王衍纵石勒、张守珪赦安禄山，终致后害为言，亦不听，卒归之。至叛辽，用悟室为谋主。骨打且死，嘱其子固砒善待之。

大辽盛时，银牌天使至女真，每夕必欲荐枕者。其国旧轮中下户作止宿处，以未出适女待之。后求海东青，使者络绎。恃大国使命，惟择美好妇人，不问其有夫及阀阅高者，女真浸忿，遂叛。初，女真有戎器而无甲，辽之近亲有以众叛，间入其境上，为女真一酋说而擒之，得甲首五百，女真赏其酋为阿卢里移赍。彼云第三个官人，亦呼为相公。既起师，才有千骑，用其五百甲，攻破宁江州。辽众五万，御之不胜，复倍遣之，亦折北，遂益至二十万。女真以众寡不敌谋降，大酋粘罕、悟室、娄宿等曰："我杀辽人已多，降必见剿，不若以死拒之。"时胜兵至三千，既连败辽师，器甲益备，与战复克。天祚乃发蕃汉五十万亲征，大将余都姑谋废之，立其庶长子赵王。谋泄，以前军十万降，辽军大震。天祚怒国人叛己，命汉儿遇契丹则杀之。初，辽制：契丹人杀汉儿者，皆不加刑，至是摅其宿愤，见者必死，国中骇乱，皆莫为用。女真乘胜入黄龙府五十余州，浸逼中京。中京，古白霫城。天祚惧，遣使立阿骨打为国王。骨打留之，遣人邀请十事，欲册帝为兄弟国及尚主。使数往反，天祚不得已，欲帝之，而他请益坚。天祚怒曰："小夷乃欲偶吾女邪？"囚其使不报。已而中京被围，跳至上京，过燕，遂投西夏。夏人虽舅甥国，畏女真之强，不果纳。初，大观中，本朝遣林摅使辽，辽人命习仪,撼恶其屑屑,以蕃狗诋伴使。天祚曰:"大宋兄弟之邦,臣吾臣也,今辱吾左右,与辱我同。"欲致之死,在廷恐兆衅,皆泣谏,止杖半百而释之。时天祚穷,将来归,以是故恐不加礼。乃走小勃律,复不纳,乃夜回,欲之云中。未明,遇谍者言娄宿军且至,天祚大惊,时从骑尚千余,有精金铸佛长丈有六尺者,他宝货称是,皆委之而遁。值天微雪,车马皆有辙迹,为敌所及。先遣近贵谕降,未复,娄宿下马跽于天祚前曰:"奴婢不佞,乃以介胄犯皇帝天威,死有余罪。"因捧觞而进,遂俘以还,封海滨王,处之东海上。其初走河西也,国人立其季父于燕,俄死;以其妻代,后与郭药师来降,所谓萧太后者。

宁江州去冷山百七十里,地苦寒,多草木,如桃李之类,皆成园;至八月,则倒置地中,封土数尺,覆其枝干,季春出之,厚培其根,否则冻死。每春冰始泮,辽主必至其地,凿冰钓鱼放弋为乐,女真率来献方物,若貂鼠之属,各以所产量轻重而打博,谓之打女真。后多强取,女真始怨。暨阿骨打起兵,首破此州,驯致亡国。

辽亡,大实林牙亦降,大实,小名;林牙,犹翰林学士,彼俗大概以小名居官上。后与粘罕双陆争道,罕心欲杀之,而口不言。大实惧,及既归帐,即弃其妻,携五子宵遁。诘旦,粘罕怪其日高不来,使召之,其妻曰:"昨夕以酒忤大人,大音柁。畏罪而窜。"询其所之,不以告,粘罕大怒,以配部落之最贱者。妻不肯屈,强之,极口嫚骂,遂射杀之。大实深入沙子,立天祚之子梁王为帝而相之。女真遣故辽将余都姑帅兵经略屯田于合董城,城去上京三千里。大实游骑数十,出入军前。都姑遣使打话,遂退。沙子者,盖不毛之地,皆平沙广漠,风起扬尘,至不能辨色,或平地顷刻高数丈。绝无水泉,人多渴死。大实之走,凡三昼夜始得度,故女真不敢穷追。辽御马数十万,牧于碛外,女真以绝远未之取,皆为大实所得。今梁王、大实皆亡,余党犹居其地。

合董之役,令山西河北运粮给军。予过河阴县,令以病解,独簿出迎,以线系槐枝垂绿袍上。命之坐,恳辞,叩其故,以实言曰:"县馈饷失期,令被挞柳条百,惭不敢出;某亦罹此罚,痛楚特甚,故不可坐。创未愈,惧为腋气所侵,故带槐以辟之。"余都姑之降,金人以为西军大监军,久不迁,常鞅鞅。其军合董也,失其金牌,金人疑其与林牙暗合,遂质其妻子。余都姑有叛心,明年九月,约燕京统军反。统军之兵皆契丹人,余都谋诛西军之在云中者,尽约云中河东、河北、燕京郡守之契丹汉儿,令诛女真之在官在军者。天德知军伪许之,遣其妻来告。时悟室为西监军,自云中来燕,微闻其事而未信,与通事汉儿那也回行数百里。那也见二骑驰甚遽,问之曰:"曾见监军否?"以不识对,问为谁,曰:"余都下人。"那也追及悟室,曰:"适两契丹云'余都下人',既在西京,何故不识监军? 北人称云中为西京。恐有奸谋。"遂回马追获之,搜其靴中,得余都书曰:"事已泄,宜便下手。"复驰告悟室,即回燕统军来谒,缚而诛之。又二日至云中,余都微觉,父子以游猎为名,遁入夏国。夏人问有兵几何,云亲兵三二百,遂不纳,投达靼。达靼先受悟室之命,其首领诈出迎,具食帐中,潜以兵围之。达靼善射,无衣甲。余都出敌不胜,父子皆死。凡预谋者悉诛,契丹之黠,汉儿之有声者,皆不免。

金国旧俗,多指腹为昏姻,既长,虽贵贱殊隔,亦不可渝。婿纳币,皆先期拜门,戚属偕行,以酒馔往,少者十余车,多至十倍。饮客佳酒,则以金银航贮之,其次以瓦航列于前,以百数。宾退,则分馂焉。男女异行而坐,先以乌金银杯酌饮,贫者以木。酒三行,进大软脂、小软脂、如中国寒具。蜜糕,以松实胡桃肉渍蜜和糯粉为之,形或方或圆,或为柿蒂花,大略类渊中宝阶糕。人一盘,曰茶食。宴罢,富者瀹建茗,留上客数人啜之,或以粗者煎乳酪。妇家无大小,皆坐炕上,婿党罗拜其下,谓之男下女。礼毕,婿牵马百匹,少者十匹,陈其前,妇翁选子姓之别马者视之,塞痕则留,好也。辣辣则退,不好也。留者不过什二三。或皆不中选,虽婿所乘,亦以充数,大氐以留马少为耻。女家亦视其数而厚薄之,一马则报衣一袭。婿皆亲迎。既成昏,留妇氏执仆隶役,虽行酒进食,皆躬亲之。三年,然后以妇归妇氏,用奴婢数十户、奴曰亚海,婢曰亚海轸。牛马十数群,每群九牝一牡,以资遣之。夫谓妻为萨那罕,妻谓夫为爱根。

契丹男女拜皆同,其一足跪,一足着地,以手动为节,数止于三。彼言捏骨地者,即跪也。

女真旧绝小,正朔所不及,其民皆不知纪年,问之,则曰我见草青几度矣。盖以草一青为一岁也。自兴兵以后，浸染华风，酋长生朝，皆自择佳辰。粘罕以正旦，悟室以元夕，乌拽马以上巳，其他如重午、七夕、重九、中秋、中、下元、四月八日皆然，亦有用十一月旦者，谓之周正。金主生于七月七日，以国忌用次日。今朝廷遣贺使以正月至彼，盖循契丹故事，不欲使人两至也。

金国治盗甚严，每捕获论罪外，皆七倍责偿；唯正月十六日则纵偷一日，以为戏，妻女宝货车马为人所窃，皆不加刑。是日人皆严备，遇偷至，则笑遣之，既无所获，虽畚镶微物亦携去。妇人至显入人家，伺主者出接客，则纵其婢妾盗饮器，他日知其主名，或偷者自言，大则具茶食以赎，谓羊酒肴馔之类。次则携壶，小亦打糕取之。亦有先与室女私约，至期而窃去者，女愿留则听之。自契丹以来皆然，今燕亦如此。

女真旧不知岁月，如灯夕皆不晓。己酉岁，有中华僧被掠至其阙，遇上元，以长竿引灯球表而出之，以为戏。女真主吴乞买见之，大骇，问左右曰："得非星邪？"左右以实对。时有南人谋变，事泄而诛，故乞买疑之曰："是人欲啸聚为乱，克日时立此以为信耳。"命杀之。后数年至燕，颇识之，至今遂盛。

胡俗奉佛尤谨，帝后见像设皆梵拜，公卿诣寺则僧坐上座。燕京兰若相望，大者三十有六，然皆律院。自南僧至，始立四禅，曰太平、招提、竹林、瑞像。贵游之家，多为僧衣盂衣钵也。甚厚。延寿院王有质坊二十八所，僧职有正副判录，或呼司空，辽代僧右兼官至检校司空者，故名称尚存。出则乘马佩印，街司五伯，各二人前导，凡僧事无所不统，有罪者得挞之，其徒以为荣。出家者无买牒之费，金主以生子肆赦，令燕、云、汴三台普度。凡有师者皆落发，奴婢欲脱隶役者，才以数千嘱请，即得之。得度者亡虑三十万。旧俗奸者不禁，近法益严，立赏三百千，它人得以告捕。尝有家室，则许之归俗，通平民者，杖背流递，僧尼自相通及犯品官家者，皆死。

蒲路虎性爱民，所居官必复租薄征，得蕃汉间心，但时有酒过。后除东京留守，治渤海城。敕令止饮，行未抵治所，有一僧以榛栌瘿盂遮道而献，榛栌木名，有文缛可爱，多用为碗。曰："可以酌酒。"路虎曰："皇帝临遣时，宣戒我勿得饮。尔何人，乃欲以此器导我邪？"顾左右令洼勃辣骇，彼云敲杀也。即引去。行刑者哀其亡辜，击其脑不力，欲令宵遁，而以死告。未毕，复呼使前，僧被血淋漓，路虎曰："所以献我者，意安在？"对曰："大王仁慈正直，百姓喜幸，故敢奉此为寿，无它志也。"路虎意解，欲释之，询其乡，以渤海对。路虎笑曰："汝闻我来，用此相鹘突耳，岂可赦也？"卒杀之。又于道遇僧尼五辈，共輂而载，召而责之曰："汝曹群游已冒法，而乃敢显行吾前邪？"皆射杀之。

金国之法，夷人官汉地者皆置通事，即译语官也，或以有官人为之。上下重轻，皆出其手，得以舞文招贿，三二年皆致富，民俗苦之。有银珠哥大王者，银珠者，行第六十也。以战多贵显，而不熟民事。尝留守燕京，有民数十家，负富僧金六七万缗，不肯偿。僧诵言欲申诉，逋者大恐，相率赂通事，祈缓之。通事曰："汝辈所负不赀，今虽稍迁延，终不能免；苟能厚谢我，为汝致其死。"皆欣然许诺。僧既陈牒，跪听命，通事潜易它纸，译言曰："久旱不雨，僧欲焚身动天以苏百姓。"银珠笑，即书牒尾称塞痕者再。庭下已有牵拢官二十辈驱之出，僧莫测所以，扣之，则曰："塞痕，好也，状行矣。"须臾出郛，则逋者已先期积薪，拥僧于上，四面举火，号呼称冤，不能脱，竟以焚死。

胡俗旧无仪法，君民同川而浴，肩相摩于道，民虽杀鸡，亦召其君同食，炙股烹蒲，音蒲，脯肉也。以余肉和菹菜，捣臼中糜烂而进，率以为常。吴乞买称帝，亦循故态，今主方革之。

金国新制大氐依仿中朝法律，至皇统三年，颁行其法，有创立者，率皆自便。如殴妻至死，非用器刃者不加刑，以其侧室多，恐正室妒忌。汉儿妇莫不唾骂，以为古无此法，曾臧获不若也。

北人重赦，无郊需，子衔命十五年，才两见赦：一为余都姑叛，一为皇子生。

盲骨子，其人长七八尺，捕生麋鹿食之。金人尝获数辈至燕，其目能视数十里，秋豪皆见，盖不食烟火，故眼明。与金人隔一江，常度江之南为寇，御之则返，无如之何。

金国天会十四年四月，中京小雨，大雷震，群犬数十，争赴土河而死，所可救者才二三尔。

松漠纪闻续

冷山去燕山三千里，去金国所都二百余里，皆不毛之地。乙卯岁，有二龙不辨名色，身高丈余，相去数步而死，冷气腥焰袭人，不可近。一已无角，如截去；一额有窍，大若当三钱，如斧凿痕。悟室欲遣人截其角，或以为不祥，乃止。

戊午夏，熙州野外涞水有龙见三日，初于水面见苍龙一条，良久即没。次日见金龙以爪托一婴儿，儿虽为龙所戏弄，略无惧色。三日金龙如故，见一帝者，乘白马，红衫玉带，如少年中官状。马前有六蟾蜍，凡三时方没。郡人竞往观之，相去甚近，而无风涛之害。熙州尝以图示刘豫，刘不悦。赵伯璘曾见之。

是年五月，汴都太康县一夕大雷雨，下冰龟亘数十里。龟大小不等，首足卦文皆具。

阿保机居西楼，宿毡帐中，晨起见黑龙长十余丈，蜿蜒其上。引弓射之，即腾空夭矫而逝，坠于黄龙府之西，相去已千五百里，才长数尺，其骸尚在金国内库。悟室长子源尝见之，尾鬣支体皆全，双角已为人所截，与予所藏董羽画出水龙绝相似，盖其背上鬣不作鱼鬣也。

悟室第三子挞挞，劲勇有智，力兼百人，悟室常与之谋国。蒲路虎之死，挞挞承诏召入，自后执其手而杀之，为明威将军。正月十六，挟奴仆十辈入寡婶家炱焉。悟室在阙下，彼都也。其长子以告，命械系于家。悟室至，问其故，曰："放偷敢尔！"悟室命缚，杖其背百余，释之，体无伤。彼法缚者必死，挞挞始谓必杖，闻缚而惊，遂失心，归室不能坐，呼曰："我将去。"人问之，曰："适蒲路虎来。"后旬日死，悟室哭之恸，曰："折我左手。"是年九月，悟室亦坐诛。

己未年五月，客星守鲁，悟室占之，太史曰："不在我分野，外方小灾无伤。"至七月，鲁、兖、宋、滕、虞诸王同日诛。庚申年星守陈，太史以告宇文，宇文语悟室，悟室时为陈王。悟室不以为怪，至九月而诛。盖亦应天道如此。

金人科举,先于诸州分县赴试,诗、赋者兼论,作一日;经义者兼论策,作三日,号为乡试,悉以本县令为试官。预试之士,唯杂犯者黜。榜首曰乡元,亦曰解元。次年春,分三路类试,自河以北至女真皆就燕,关西及河东就云中,河以南就汴,谓之府试,试诗、赋、论、时务策,经义则试五道,三策、一论、一律义。凡二人取一,榜首曰府元。至秋,尽集诸路举人于燕,名曰会试,凡六人取一,榜首曰敕头,亦曰状元,分三甲,曰上甲、中甲、下甲。敕头补承德郎,视中朝之承议。上甲皆赐绯,七年即至奉直大夫,谓之正郎。第二第三人八年或九年,中甲十二年,下甲十三年。不以所居官高卑,皆迁大夫。中、下甲服绿,例赐银带。府试差官取旨,尚书省降札,知举一人,同知二人,又有封弥、誊录、监门之类。试闱用四柱揭彩其上,目曰至公楼,主文登之以观试。或有私者,停官不叙,仍决沙袋,亲戚不回避。尤重书法,凡作字有点画偏旁微误者,皆曰杂犯。先是,考校毕,知举即唱名;近岁上中下甲杂取十名,纳之国中,下翰林院重考,实欲私取权贵也。考校时不合格者,曰榜其名,试院欲开,余人方知中选。后又置御试,已会试中选者,皆当至其国都,不复试文,只以会试榜殿廷唱第而已。士人颇以为苦,多不愿往,则就燕径官之,御试之制遂绝。又有明经、明法、童子科,然不擢用,止于簿尉。明经至于为直省官,事宰执持笔研;童子科止有赵宪甫位至三品。

省部有令史,以进士及第者为之。又有译史,或以练事,或以关节。凡递敕或除州太守,告令史、译史送之,大州三数百千,帅府千缗。若兀朮诸贵人除授,则令宰执子弟送之,获数万缗。

北方苦寒,故多衣皮,虽得一鼠,亦褫皮藏去。妇人以羔皮帽为饰,至直十数千,敌三大羊之价。不贵貂鼠,以其见日及火则剥落无色也。

初,汉儿至曲阜,方发宣圣陵,粘罕闻之,问高庆绪_{渤海人}。曰:"孔子何人?"对曰:"古之大圣人。"曰:"大圣人墓岂可发?"皆杀之,故阙里得全。

燕京茶肆设双陆局,或五或六,多至十,博者蹴局,如南人茶肆中置棋具也。

女真多白芍药花,皆野生,绝无红者,好事之家采其芽为菜,以面煎之,凡待宾斋素则用,其味脆美,可以久留。无生姜,至燕方有之,每两价至千二百,金人珍甚,不肯妄设;遇大宾至,缕切数丝置碟中,以为异品,不以杂之饮食中也。

西瓜形如扁蒲而圆,色极青翠,经岁则变黄。其瓤类甜瓜,味甘脆,中有汁尤冷。《五代史·四夷附录》云:以牛粪覆棚种之。予携以归,今禁圃乡圃皆有,亦可留数月,但不能经岁,仍不变黄色。鄱阳有久苦目疾者,曝乾服之而愈,盖其性冷故也。

长白山在冷山东南千余里,盖白衣观音所居。其山禽兽皆白,人不敢入,恐秽其间,以致蛇虺之害。黑水发源于此,旧云粟末河,契丹德光破晋,改为混同江。其俗剡木为舟,长可八尺,形如梭,曰梭船。上施一桨,止以捕鱼,至渡车则方舟,或三舟。后悟室得南人,始造船如中国运粮者,多自国都往五国头城载鱼。

西楼有蒲,濒水丛生,一干,叶如柳,长不盈寻丈,用以作箭,不矫揉而坚,《左氏》所谓"董泽之蒲"是也。

关西羊出同州沙苑,大角虬上盘至耳,最佳者为卧沙细肋。北羊皆长面多髯,有角者百无二三,大仅如指,长不过四寸,皆目为白羊,其实亦多浑黑;亦有肋细如箸者。味极珍,性畏怯,不抵触,不越沟堑。善牧者每群必置羖㹁羊数头,<small>羖㹁,音古力方,北人讹呼羖为骨。</small>仗其勇狠,行必居前,遇水则先涉,群羊皆随其后;以羖㹁发风,故不食。生达靼者,大如驴,尾巨而厚,类扇,自脊至尾,或重五斤,皆背脂,以为假熊白,食饼饵,诸国人以它物易之。羊顺风而行,每大风起,至举群万计皆失亡,牧者驰马寻逐,有至数百里外方得者。三月八月两剪毛,当剪时,如欲落絮,不剪则为草绊落。可拈为线,春毛不直钱,为毡则蠹,唯秋毛最佳。皮皆用为裘。凡宰羊,但食其肉,贵人享重客,间兼皮以进,必指而夸曰:"此潜羊也。"

回鹘豆,高二尺许,直干有叶,无旁枝。角长二寸。每角止两豆,一根才六七角,色黄,味如栗。

渤海螃蟹,红色,大如碗,螯巨而厚。其跪如中国蟹螯,石举鮀鱼之属皆有之。

自上京至燕二千七百五十里，上京即西楼也。三十里至会宁头铺，四十五里至第二铺，三十五里至阿萨铺，四十里至来流河，四十里至报打孛菫铺，七十里至宾州渡混同江，七十里至北易州，五十里至济州东铺，二十里至济州，四十里至胜州铺，五十里至小寺铺，五十里至威州，四十里至信州北，五十里至木阿铺，五十里至没瓦铺，五十里至奚营西，四十五里至杨相店，四十五里至夹道店，五十里至安州南铺，四十里至宿州北铺，四十里至咸州南铺，四十里至铜州南铺，四十里至银州南铺，五十里至兴州，四十里至蒲河，四十里至沈州，六十里至广州，七十里至大口，六十里至梁渔务，三十五里至兔儿埚，五十里至沙河，五十里至显州，五十里至军官寨，四十里至惕隐寨，四十里至茂州，四十里至新城，四十里至麻吉步落，四十里至胡家务，四十里至童家庄，四十里至桃花岛，四十里至杨家馆，五十里至隰州，四十里至石家店，四十里至来州，四十里至南新寨，四十里至千州，四十里至润州，三十里至旧榆关，三十里至新安，四十里至双望店，四十里至平州，四十里至赤峰口，四十里至七个岭，四十里至榛子店，四十里至永济务，四十里至沙流河，四十里至玉田县，四十里至罗山铺，三十里至蓟州，三十里至邦军店，三十五里至下店，四十里至三河县，三十里至潞县，三十里至交亭，三十里至燕。自燕至东京一千三百十五里，自东京至泗州一千三十四里，自云中至燕山数百里皆下坡，其地形极高，去天甚近。

房之待中朝使者、使副，日给细酒二十量罐，羊肉八斤，果子钱五百，杂使钱五百，白面三斤，油半斤，醋二升，盐半斤，粉一斤，细白米三升，面酱半斤，大柴三束。上节，细酒六量罐，羊肉五斤，面三斤，杂使钱二百，白米二升。中节，常供酒五量罐，羊肉三斤，面二斤，杂使钱一百，白米一升半。下节，常供酒三量罐，羊肉二斤，面一斤，杂使钱一百，白米一升半。

天眷二年，奏请定官制札子：窃以设官分职、创制立法者，乃帝王之能事，而不可阙者也，在昔致治之主，靡不皆然。及世之衰也，侵冒放纷，官无常守，事与言戾，实由名丧，至于不可复振。逮圣人之作也，划弊救失，乘时变通致治之具，然后焕然一新，九变复贯，知言之选，其此之谓矣。太祖皇帝，圣武经启，文物度数，曾不遑暇。太宗皇帝嗣位之十二载也,威德畅洽,万里同风,聪明自民,不凝于物。始下明诏建官正名,欲垂范于将来,以为民极。圣谟宏远,可举而行,克成厥终,正在今日。伏惟皇帝陛下,上性孝德,钦奉先猷,爰命有司,用精详订。臣等谨按当唐之治朝,品位爵秩,考核选举,其法号为精密,尚虑拘牵;故远自开元所记,降及辽宋之传,参用讲求。有便于今者,不必泥古;取正于法者,亦无徇习。今先定到官号品次职守,上进御府,以尘乙览,恭俟圣断,曲加是正。言顺事成,名宾实举,兴化阜民,于是乎在。凡新书未载,并乞姑仍旧贯,徐用讨论,继此奏请。臣等顾惟虚薄,讲究不能及远,以塞明命是惧。觊涓埃有取,伏乞先次颁降施行。答诏曰:朕闻可则循,否则革,事不惮于改,为言之易,成之难。政或讥于欲速,审以后举,示将不刊。爰自先皇,已颁明命,顺考古道,作新斯人。欲端本于朝廷,首建官于台省。岂止百司之职守,必也正名;是将一代之典章,无乎不在。能事未毕,眇躬嗣承,惧坠先猷,惕增夕厉,勉图继述,申命讲求。虽曰法唐,宜后先之一揆;至于因夏,固损益之殊途。务折衷以适时,肆于今而累岁,庶同乃绎,仅至有成,掇所先行,用敷众听。作室肯构,第遵底法之良;若网在纲,庶弭有条之紊。自余款备,继此施陈。已革乃孚,行取四时之信;所由适治,揭为万世之常。尤在见闻,共思遵守。翰林学士韩昉撰诏书曰:皇祖有训,非继体者所敢忘;圣人无心,每立事于不得已。朕丕承洪绪,一纪于兹,只遹先猷,百为不越。故在朝廷之上,其犹草昧之初。比以大臣力陈恳奏,谓纲纪以未举,在国家之何观。且名可言而言可行,所由集事;盖变则通而通则久,故用裕民。宜法古官,以开政府。正号以责实效,著仪而辨等威。天有雷风,辞命安得不作;人皆颜闵,印符然后可捐。凡此数条,皆今急务。礼乐之备,源流在兹,祈以必行,断宜有定,仰惟先帝,亦鉴微衷。神岂可诬,方在天而对越;时由异偶,若易地则皆然。是用载惟,殆非相反,何必改作?盖尝三复于斯言,皆曰可行;庶将一变而至道,乃从所议。用创新规,维兹故土之风,颇尚先民之质。性成于习,遽易为难,政有所因,姑宜仍旧。渐祈胥效,翕致大同。凡在迩遐,当体朕意,其所改创事件,宜令尚书省就便从宜施行。

宋、兖诸王之诛,韩昉作诏曰:周行管叔之诛,汉致燕王之辟,兹维无赦,古不为非。岂亲亲之道,有所未敦;以恶恶之心,是不可忍。朕自惟冲昧,猥嗣统临。盖由文烈之公,欲大武元之后。德虽为否,义亦当然。不图骨肉之间,有怀蜂虿之毒。皇伯太师宋国王宗磐,族联诸父,位冠三师。始朕承祧,乃綮协力,肆登极品,兼缩剧权,何为失图,以底不类?谓为先帝之元子,常蓄无君之祸心。昵信宵人,煽为奸党,坐图问鼎,行将弄兵。皇叔太傅、领三省事、兖国王宗隽,为国至亲,与朕同体。内怀悖德,外纵虚骄。肆己之怒,专杀以取威;擅公之财,市恩而惑众。力摈勋旧,欲孤朝廷,即其所疏,济以同恶。皇叔虞王宗英、滕王宗伟、殿前左副点检浑睹、会宁少尹胡实剌、郎君石家奴、千户述离古楚等,竞为祸始,举奸乱从。逞躁欲以无厌,助逆谋之妄作。意所非冀,获其必成。先将贼其大臣,次欲危其宗庙。造端累岁,举事有期。早露端倪,每存含覆。第严禁卫,载肃礼文,庶见君亲之威,少安臣子之分。蔑然不顾,狂甚自如。尚赖神明之灵,克开社稷之福。日者叛人吴十,稔心称乱,授首底亡。爰致克奔之徒,乃穷相与之党。得厥情状,孚于见闻。皆由左验以质成,莫敢诡辞而抵谰。欲申三宥,公议岂容;不顿一兵,群凶悉殄。于今月三日,已各伏辜,并令有司除属籍讫。自余诖误,更不蹑寻,庶示宽容,用安反侧。民画衣而有犯,古犹钦哉;予素服以如丧,情可知也。

陈王悟室加恩制词曰:贵贵尊贤,式重仪刑之望;亲亲尚齿,亦优宗族之恩。朕俯迫群情,只膺显号。爰第景风之赏,孰居台曜之先。凡尔在廷,听予作命。具官属为诸父,身相累朝。蹈五常九德之规,为四辅三公之冠。当艰难创业之际,藉左右宅师之勤。如献兆之信蓍龟,如济川之待舟楫。迪我高后,格于皇天。属正统之有归,赖嘉谋之先定。缉熙百度,董正六官。雍容以折肘腋之奸,指顾以定朔南之地。德业并茂,古今罕伦。迨兹庆赐之颁,询及金谐之论。谓上公之加命有九,而天下之达尊者三。既已兼全,无可增益。乃敷求于载籍,仍自断于朕心。杖以造朝,前已加于异数;坐而论道,今复举于旧章。萧相国赐语不名,安平王肩舆升殿。并兹优渥,以奖耆英。於戏!建无穷之基,则必享无穷之福;锡非常之礼,所以报非常之功。

钦承体貌之隆,共对邦家之祉。

皇后裴摩申氏谢表曰:龙衮珠旒,端临云陛;玉书金玺,荣界椒房。恭受以还,凌兢罔措。恭惟道兼天覆,明并日升。诚意正心,基周王之风化;制礼作乐,焕尧帝之文章。俯矜奉事之劳,饬遣光华之使。温言奖饰,美号重仍。顾拜命之甚优,惭省躬而莫称。谨当恪遵睿训,益励肃心。庶几妇道之修,仰助人文之化。后父小名胡搭。

渤海贺正表曰:三阳应律,载肇于岁华;万寿称觞,欣逢于元会。恭惟受天之祐,如日之升。布治惟新,顺夏时而谨始;卜年方永,迈周历以垂休。臣幸际明昌,良深抃颂。远驰信币,用申祝圣之诚;仰冀清躬,茂集履端之庆。

夏国贺正表曰:斗柄建寅,当帝历更新之旦;葭灰飞管,属皇图正始之辰。四序推先,一人履庆。恭惟化流中外,德视迩遐。方熙律之载阳,应令候而布惠。克凝神于突奥,务行政于要荒。四表无虞,群黎至治。爰凤阙届春之早,协龙廷展贺之初。百辟称觞,用尽输诚之意;万邦荐祉,克坚献岁之心。臣无任云云。大使武功郎没细好德、副使宣德郎季膺等,赍表诣阙以闻。

高丽贺正表曰:帝出乎震,方当遂三阳之生;王次于春,所以大一统之始。覆帱之内,欢庆皆均。恭惟中孚应天,大有得位。所过者化,阅众甫以常新;不怒而威,观庶邦之率服。茂对佳辰之复,备膺诸福之休。臣幸遭昌期,远居外服。上千万岁寿,曾莫预于胪传;同亿兆人心,但窃深于善祝云云。使朝散大夫卫尉少卿轻车都尉赐紫金鱼袋李仲衍,奉表称贺以闻。

先君衔使十五年,深院穷漠,耳目所接,随笔纂录。闻孟公庾发箧,汴都危变,归计创艾,而火其书,秃节来归。因语言得罪柄臣,诸子佩三缄之戒,循陔侍膝,不敢以北方事置齿牙间。及南徙炎荒,视膳余日,稍亦谈及远事。凡不涉今日强弱利害者,因操牍记其一二。未几,复有私史之禁,先君亦枕末疾,遂废不录。及柄臣盖棺,弛语言之律,而先君已赍恨泉下。鸠拾残稿,仅得数十事,反袂拭面,著为一编。绍兴丙子夏长男适谨书。

松漠补遗

金国庙讳尤严，不许人犯。尝有一武弁，经西元帅投牒，误斥其讳，杖背流递。武元初，只讳"旻"，后有申请云：旻，闵也，遂并"闵"讳之。

虏中中丞唯掌讼牒，若断狱会法，或春山秋水，_{谓去国数百里，逐水草而居处。}从驾在外，卫兵物故，则掌其骸骼，至国则归其家。谏官并以他官兼之，与台官皆备员，不弹击外道，虽有漕使，亦不刺举。故官吏赃秽，略无所惮。

虏法：文武官不以高下，凡丁家难未满百日，皆差监关税。州商税院、盐铁场，一年为任，谓之优饶，其税课倍增者，谓之得筹。每一筹转一官，有岁中八九迁者。近有止法，不得过三官。富者择课额少处受之，或以家财贴纳，只图迁转。其不欲迁者，于课利多处，除岁额外，公然分之。

虏法：有负犯者，不责降，只差监盐场，课额虽登，出卖甚迟，虽任满去官，非卖尽不得仕，至有十年不调者。无磨勘之法，每一任转一官，以二十五月为任，将满即改除，并不待阙。

北地汉儿张献甫，作太原都军，_{都监也。}其姊夫刘思与侍郎高庆裔，为十友之数。张有一犀带，国初钱王所献者，号镇国宝带，是正透中间龙形。

契丹重骨咄犀，犀不大，万株犀无一不曾作带。纹如象牙，带黄色，止是作刀把，已为无价。天祚以此作兔鹘_{中国谓之腰条皮。}插垂头者。

鹿顶合，燕以北者方可车，须是未解角之前。才解角血脉通，冬至方解，顶之上为合，正须亦作合。好者有"人"字，不好者成"八"字，有髓眼不实。北人谓角为鹿角合，顶为鹿顶合，_{南中止有鹿角合。}南鹿不实，定有髓眼，不可车。北地角未老，不至秋时不中。

麋角与鹿角不同。麋角如驼骨，通身可车，却无纹，生枝不比鹿，皆小。鹿顶骨有纹，上下无之，亦可熏成纹。

犀有三种：重透外黑，有一晕白中又黑，世艰得之；正透又曰通犀，倒透亦曰花犀，或班犀，有游鱼形；诸犀中水犀最贵。秀州周通直家有正透犀带，其中一点白，以纸灯近之，即时灭，有湿气，疑是水犀。

耀段褐色，泾段白色，生丝为经，羊毛为纬，好而不耐。丰段有白有褐最佳。驼毛段出河西，有褐有白。

秋毛最佳，不蛀，冬间毛落，去毛上之粗者，取其茸毛，皆关西羊为之，蕃语谓之羢勃。北羊止作粗毛。

　　先忠宣《松漠纪闻》，伯兄镂板歙越，遵来守建业，又刻之。暇日搜阅故牒，得北方十有一事，皆曩岁侍旁亲闻之者，目曰"补遗"，附载于此。乾道九年六月二日，第二男资政殿大学士、左中大夫、知建康府、江南东路安抚使、兼行宫留守遵谨书。

道 山 清 话

[宋] 佚 名 撰

孔 一 校点

校 点 说 明

　　《道山清话》一卷,宋佚名撰。《说郛》据书后有王昈跋语,题"宋王昈"撰,其实不确:一、跋语称此书为"先大父"著,则作者为王昈之祖父,然亦佚名;二、跋语末署"建炎四年",时"昈老矣",而书中载崇宁五年事,距跋语不过二十五年;又载"余少时,常与文潜在馆中",考张耒(字文潜)在馆中当元祐年间,距跋语四十余年,岂有祖父四十余年前尚称"少",今(即跋语时)其孙竟称"老"之理? 三、书中"元祐五年"条载"先公"为"李某",则作者姓李而非姓王(一、三两条见《四库全书总目》)。可见跋语与此书并不吻合,恐系误植。另,《辞源》修订本以为《宋史·艺文志》小说家类著录之《道山新闻》即此书,未见出证,亦难为定论。

　　《道山清话》所载明确下限为崇宁五年,成书大致可定为其后不久的徽宗年间。本书所载多为北宋朝野故事,对王安石持批评态度,于程颐、刘挚亦颇有微词,而详记苏轼、黄庭坚、张耒等交际议论,《四库全书总目》由之推定其作者为蜀党中人,当属不无道理。《总目》据王士禛《居易录》指本书合两张先为一人,亦属确实;惟指其记陈彭年检秘阁《春秋少阳》之书为"颇诬",则未敢遽信,隋唐志不著录之书,后世转见,未必绝无可能。

　　这次校点,以《学津讨原》本为底本,校以《百川学海》本。讹误不当之处,敬请批评指正。

道山清话

李常为言官,言王安石理财不由仁义,且言安石遂非喜胜,日与其徒吕惠卿等阴筹窃计,思以口舌以文厥过,以公论为同乎流俗,以忧国为震惊朕师,以百姓恣叹为出自兼并之言,以卿士金议为生乎怨嫉之口,而又妄取经据,傅会其说。且言:"理财用而不由仁与义,不上匮则下穷矣。臣自知朝夕蒙戮,不惮开垂闭之口,吐将腐之舌,为陛下反覆道之。"凡数千言。上览之,惊叹再三,抚谕曰:"不意班行中乃有卿也,从前无臣僚说得如此分明。待便为施行。"明日,安石登对,神宗正色视安石:"昨览李常奏,岂不误他百姓?"安石垂笏低手,作怠慢之状,笑而不对。神宗愈怒,遂再问之。安石略陈数语,人不闻安石所言何事,但见上连点头曰:"极是,极是。"常之奏竟不见降出。常后对人言:"不知安石有甚狐媚厌倒之术。"

司马君实洛中新第,初迁入,一日步行,见墙外暗埋竹签数十,问之,则曰:"此非人行之地,将以防盗也。"公曰:"吾箧中所有几何?且盗亦人也,岂可以此为防?"命亟去之。

人之叩齿,将以收召神观,辟除外邪,其说出于道家者流。故修养之人多叩齿,不闻以是为恭敬也。今人往往入神庙中叩齿,非礼也。

唐明皇名隆基,故当时改太一基为棊,至今因之不改,何也? 予尝两入文字,不报。

秦观少游,一日,写李太白《古风》诗三十四首于所居壶隐壁间。予因问:"'燕昭延郭隗'遂筑黄金台,之诗,史但言筑宫而师事,不闻黄金之名,太白不知何据?"少游曰:"《上谷图经》言昭王筑台,置千金于其上,遂因以为名。"阅之信然。

正献杜公尝言,人家祀祖先,非简慢则媟渎,得其中者鲜矣。

天圣中,诏营浮图。姜遵在永兴,毁汉唐碑之坚好者以代砖甓。当时有一县尉投书启,具言不可,力恳不已,至于叩头流血。遵以其故沮格朝命,按罢之。自是人无敢言者。遵因此得进用。何斯举诗云:"长安古碑用乐石,虿尾银钩擅精密。缺讹横道已足哀,况复镌裁代砖甓。有如天吴及紫凤,颠倒在衣吁可惜。"斯举,黄州人。少年识苏子瞻。初名颜,字颉之,后名颉。黄庭坚鲁直极推重之,尝与斯举简云:"老病昏塞,不记贵字,欲奉字曰斯举,取色斯举矣,翔而后集,但恐或犯公家讳字尔。"遵自谏议大夫知永兴军,即除枢密副使。

斯举又作《黄绵袄子歌》,其序言:"正月大雨雪,十日不已。既晴,邻里相呼负日,曰:黄绵袄子出矣!"

子瞻尝言,韩庄敏对客,称仁宗时,一夜三更以来,有中使于慈圣殿传宣。慈圣起,著背子,不开门,但于门缝中问云:"传宣有甚事?"中使云:"皇帝起,饮酒尽,问皇后殿有酒否?"慈圣云:"此中便有酒,亦不敢将去。夜已深,奏知官家且歇息去。"更不肯开门纳中使。

王陶为中丞,劾韩琦、曾公亮不押班,有背负芒刺之语。参政吴奎言,不押班盖已久来相承,寖成废礼,非始于二人。陶以台制弹劾,举职便可,何至引用背负芒刺跋扈之语;且言陶天资险薄,市井小人,巧诈翻覆,情态万状。邵安简亢反攻奎,言阴阳不利,咎由执政。奎乃言由陶所致,所言颠错,奎遂罢。

魏公一日至诸子读书堂,见卧榻枕边有一剑,公问仪公:"何用?"仪公言:"夜间以备缓急。"公笑曰:"使汝果能手刃贼,贼死于此,汝何以处?万一夺入贼手,汝不得为完人矣!古人青毡之说,汝不记乎?何至于是也?吾尝见前辈云,夜行切不可以刃物自随。吾辈安能害人?徒起恶心,非所以自重也。"

神宗时,文州曲水县令宇文之邵上书,极言时政,且言"奸声乱色盈溢耳目;衢巷之中,父子兄弟不敢肩随。孰谓王者之都,而风俗一至于此"!神宗乃遣一二内侍,于通衢中物色民言,竟以无是事而止。予谓纵物色得其言,如何敢举于上前?刘贡父常对人言:"内官如听得,只道是寻常文谈。"

魏公在永兴,一日,有一幕官来参,公一见,熟视,蹙然不乐。凡数月,未尝交一语。仪公乘间问公:"幕官者,公初不识之,胡然一见而不乐?"公曰:"见其额上有块隐起,必是礼拜,当非佳士。恁地人,缓急怎生倚仗?"

哲宗御讲筵所,手折一柏枝玩。程颐为讲官,奏曰:"方春万物发生之时,不可非时毁折。"哲宗亟掷于地。终讲,有不乐之色。太后闻之,叹曰:"怪鬼坏事,吕晦叔亦不乐其言也。"云不须得如此。

温公在永兴。一日,行国忌香,幕次中客将有事,欲白公,误触烛台,倒在公身上。公不动,亦不问。

韩持国为人凝严方重。每兄弟聚话,玉汝、子华议论风生,持国未尝有一言。

邵康节与富韩公在洛,每日晴必同行至僧舍。韩公每过佛寺神祠,必躬身致敬。康节笑曰:"无乃为佞乎?"韩公亦笑,自是不为也。

章子厚与苏子瞻少为莫逆交。一日,子厚坦腹而卧,适子瞻自外来,摩其腹以问子瞻曰:"公道此中何所有?"子瞻曰:"都是谋反底家事。"子厚大笑。

庆历中,亲事官乘醉入禁中,上遣内侍谕皇后贵妃,使闭阁勿出。后听命不出,贵妃乃直趋上前。明日,上对辅臣泣下,枢相乘间启废立之议,独梁相适厉声曰:"一之为甚,其可再乎!"其事乃止。

契丹遣使论国书中所称"大宋"、"大契丹",以非兄弟之国,今辄易曰"南朝"、"北朝"。上诏中书密院共议。当时辅臣多言此不计利害,不从,徒生怨隙。梁庄肃曰:"此易屈尔。但答言宋盖本朝受命之土,契丹亦彼国号,令无故而自去,非佳兆。"其年贺正使来,复称大契丹如故。

京城界多火,在法放火者一不获,则主吏皆坐罪。民有欲中伤官吏者,至自爇其所居,罢免者纷然。时邵安简为提点府界县镇寨公事,廉得其事,乃请自今非延及旁家者,虽失捕勿坐。自是绝无遗火者。遂著为令。

仁宗时,王文正公为谏官,因论王德用所进女口。上曰:"正在朕左右。"文正曰:"臣之所言,正恐在陛下左右。"上色动,呼内侍官,使各赐钱三百贯,令即今便搬出内东门。文正谓:"不须如此之遽,但陛下知之,足矣。"上曰:"人情皆一般,若见涕泣不忍去,则朕决不能去之。"既而上即闲说汉唐间事,又言太宗黜李勣,使其子召用大是,入思虑来,喜见于色。忽内侍来奏云:"已出内东门去讫。"上复动容乃起。其废郭后也,台臣论列尚美人,上曰:"随即斥去矣,岂容其尚在宫中也!"上之英断如此,盛矣哉!

苏子瞻诗有"似闻指麾筑上郡,已觉谈笑无西戎"之句。尝问子瞻当是用少陵"谈笑无西河"之语,子瞻笑曰:"故是。但少陵亦自用左太冲'长啸激清风,志若无东吴'也。"

余一日在陕府官次中,见一官员与人语话,因及守将怒一孔目官,始效守将奋髯抵掌厉声之状,次又作孔目官皇惧鞠躬请罪,至于学传呼杖直之声。一少年方十二三,冠带,在众中坐,忽叱曰:"是何轻薄举止!"一坐惊笑。后问,知是蔡子正家子弟。

元祐八年,吕大防因讲筵言及:"前代宫室多尚华侈,本朝宫殿止用赤白。前代人君虽在宫禁中,亦出舆入辇;祖宗皆步自内庭,出御后殿止欲涉历黄庭,稍冒寒暑。前代多深于用刑,大者诛戮,小者远窜;唯本朝用法最轻,臣下有罪,止于罢黜。至于虚己纳谏,不好畋猎,不尚玩好,不用玉器,不贵异味,御厨止用羊肉,皆祖宗家法。陛下不须远法前代,只消尽行家法。"既而上退至宫中,笑谓左右曰:"吕相公甚次第好。"

微仲为人,刚而有守,正而不他,辅相泰陵八年,朝野安静。宣仁圣烈上仙,因为山陵使。既回,乃以大观文知颍昌,时元祐甲戌三月也。公既行,而左正言上官均言其以张耒、秦观浮薄之徒撰次国史,以李之纯为中司,来之邵、杨畏、虞策为谏官,范祖禹、俞执中、吕希纯、吴安诗或主诰命,或主封驳,皆附会风旨,以济其欲。时监察御史周秩及右正言张商英连上疏交攻之,微仲遂落职,犹知随州。秩等攻之不已,至循州安置,未逾岭而卒。人颇冤之。

程伊川尝言,医家有四肢不仁之说,其言最近理,下得"仁"字极好。

馆中一日会茶,有一新进曰:"退之诗太孟浪。"时贡父偶在座,厉声问曰:"'风约半池萍',谁诗也?"其人无语。

苏子瞻一日在学士院闲坐,忽命左右取纸笔,写"平畴交远风,良苗亦怀新"两句,大书、小楷、行草书凡写七八纸,掷笔太息曰:"好!

好!"散其纸于左右给事者。

张文潜尝言,近时印书盛行,而鬻书者往往皆士人,躬自负担。有一士人尽掊其家所有约百余千买书,将以入京。至中涂,遇一士人,取书目阅之,爱其书而贫,不能得。家有数古铜器,将以货之。而鬻书者雅有好古器之癖,一见喜甚,乃曰:"毋庸货也,我将与汝估其直而两易之。"于是尽以随行之书换数十铜器,亟返其家。其妻方讶夫之回疾,视其行李,但见二三布囊磊硊然铿铿有声,问得其实,乃骂其夫曰:"你换得他这个,几时近得饭吃?"其人曰:"他换得我那个,也则几时近得饭吃?"因言人之惑也如此。坐皆绝倒。

刘贡父一日问苏子瞻:"'老身倦马河堤永,踏尽黄榆绿槐影',非阁下之诗乎?"子瞻曰:"然。"贡父曰:"是日影耶,月影耶?"子瞻曰:"'竹影金锁碎',又何尝说日月也?"二公大笑。

常秩之学,尤长于《春秋》。或问秩:"孙复之学何如?"秩曰:"此商君法尔。步过六尺与弃灰于道者有诛。大不近人情矣。"

周重实为察官,以民间多坏钱为器物,乞行禁止,且欲毁弃民间日近所铸者铜器。时张天觉为正言,极论其不可,恐官司临迫,因而坏及前代古器。重实之言既不降出,愤懑不平,谓同列曰:"天觉只怕坏了钹儿磬儿!"

吕晦叔为中丞。一日,报在假,馆中诸公因问:"何事在假?"时刘贡父在坐,忽大言:"今日必是一个十斋日。"盖指晦叔好佛也。

洛中有一僧,欲开堂说法。司马君实夜过邵尧夫,云:"闻富彦国、吕晦叔欲往听,此甚不可。但晦叔贪佛,已不可劝,人亦不怪。如何劝得彦国?"尧夫曰:"今日已暮矣,姑任之。"明日,二人果偕往。后月余,彦国招数客共饭,尧夫在焉。因问彦国曰:"主上以裴晋公之礼起公,公何不应命?又闻三遣使,公皆卧内见之。"彦国曰:"衰病如此,其能起否?"尧夫曰:"上三命,公不起;一僧开堂,以片纸见呼即出,恐亦未是。"彦国曰:"弼亦不曾思量至此。"

神宗时,韩子华为中丞,劾奏宰臣富弼:"人言张茂先为先帝子,而弼引为管军。"郑公丐罢,子华亦待罪,仍牒阁门,更不称中丞,及不朝参。今中书密同谏议,以为管军,人无间言。绛欲以危言中伤大臣,事既无根,徒摇众听;兼绛举措颠倒,不足以表率百官。于是子华削职知蔡州。子方亦请外知荆南,敕过门下,何郯知封驳事,封还。子方乃留。

仁宗时,梓州妖人白彦欢,能依鬼神作法以诅人,至有死者。狱上,请谳,皆以不见伤为疑。梁庄肃曰:"杀人以刃,尚或可拒。以诅,则其可免乎?"竟杀之。

张尧佐以温成之故,复除宣徽使。唐质肃时为御史里行,争之不可得,求全台上殿不许,求自贬不报,于是劾宰相并言事官,皆附会缄默,乃又援致旧臣。帝急召二府,以其章示之。子方犹立殿上。梁庄肃为枢副,曰:"宰相岂御史荐耶?"叱使下殿,殿上莫不惊愕相视。于是贬春州别驾,又改英州。宰相谏官,明日亦皆罢逐。

真宗不豫,荆王因问疾,留宿禁中,宰执亦以祈禳内宿。时御药李从吉因对荆王叱小黄门,荆王怒曰:"皇帝服药,尔辈敢近木围子高声!"以手中熟水泼之。从吉者自言与李文定是族人。仁宗既即位,从吉使其徒乘间言于上曰:"顷时先帝大渐,八大王留禁中者累日。宰执恐有异谋,因八大王取金盂熟水,李迪以墨笔搅水中,八大王疑有毒药,即时出禁中去。"上曰:"不然。安有是事?若八大王见盂中黑水,便不会根究,翰林司且渲笔在熟水中也,则甚计策?当时八大王才到禁中,便要出去,却是娘娘留住,教只在禁中,明日即去。直是无此事,必是李从吉唆使尔辈来说。"上即位未及一年,英悟已如此。

余少时,常与文潜在馆中。因看《隋唐嘉话》,见杨祭酒赠项斯诗云:"度度见诗诗总好,今观标格胜于诗。平生不解藏人善,到处逢人说项斯。"因问诸公:"唐时未闻项斯有诗名也。"文潜曰:"必不足观。杨君诗律已如此,想其所好者,皆此类也。"

韩庄敏一日来予子弟读书堂,遍观子侄程课,喜甚,谓门客曰:"举业只须做到这个地位,有命时,尽可及第。自此当令日日讲五经,依次第观子史,程文不必更工。枉了工夫,若无命时,虽工无益。"

东坡在雪堂,一日读杜牧之《阿房宫赋》凡数遍,每读彻一遍,即再三咨嗟叹息。至夜分,犹不寐。有二老兵,皆陕人,给事左右,坐久,甚苦之。一人长叹,操西音曰:"知他有甚好处?夜久寒甚不肯

睡,连作冤苦声。"其一曰:"也有两句好。"_{西人皆作叽音。}其人大怒曰:
"你又理会得甚底?"对曰:"我爱他道天下人不敢言而敢怒。"叔党卧
而闻之。明日,以告。东坡大笑曰:"这汉子也有鉴识。"

秦观南迁,行次郴道,遇雨。有老仆滕贵者,久在少游家,随以南
行,管押行李在后,泥泞不能进。少游留道旁人家以俟,久之,方檠珊
策杖而至,视少游叹曰:"学士,学士,他门取了富贵,做了好官,不枉
了恁地。自家做甚来陪奉他门,波波地打闲官,方落得甚声名!"怒而
不饭。少游再三勉之,曰:"没奈何。"其人怒犹未已,曰:"可知是没奈
何!"少游后见邓博文言之,大笑,且谓邓曰:"到京见诸公,不可不举
似以发大笑也。"

子瞻爱杜牧之《华清宫》诗,自言凡为人写了三四十本矣。

仁宗时,大名府有营兵,背生肉,蜿蜒如龙。时程天球判大名,囚
其人于狱,具奏于朝。上览其奏,笑曰:"是人何罪哉!此赘耳。"即令
释之。后其兵辄死,上颇疑焉。一日,对辅臣言:"大名府兵士,肉生
于背,已是病也,又从而禁系,安得不死?"又其后天球在延州累立功,
上欲大用,辄曰:"向来无故囚人,至今念之也。"

元符三年,立贤妃刘氏为后。邹至完上疏,言不当立:"五伯者,
三王之罪人也,其葵邱之会,载书犹首曰无以妾为妻,况陛下之圣高
出三王之上,其可忽此乎?万一自此以后,士大夫有以妾为妻者,臣
僚纠劾以闻,陛下何以处之?不治则伤化败俗,无以为国;治之则上
行下效,难以责人。先帝在位,动以二帝三王为法。今陛下为五伯之
所不为者。"哲宗读至此,震怒,诏:"浩言多狂妄,事实不根。"除名勒
停新州羁管。当时人见至完之贬太峻,而未见其疏,遂有士人伪为之
者。不乐至完者,录其伪本以进,有"商王桀纣"之语,言至完外以此
本矫示于人以邀名,其实非也。上愈怒,故行遣至完尝所往来之人
甚众。

曾纡云:山谷用乐天语作《黔南》诗。白云:"霜降水返壑,风落
木归山。冉冉岁将晏,物皆复本原。"山谷云:"霜降水返壑,风落木归
山。冉冉岁华晚,昆虫皆闭关。"白云:"渴人多梦饮,饥人多梦飧。春
来梦何处?合眼到东川。"山谷云:"病人多梦医,囚人多梦赦。如何

春来梦，合眼在乡社。"白云："相去六千里，地绝天邈然。十书九不到，何以开忧颜？"山谷云："相望六千里，天地隔江山。十书九不到，何用一开颜？"纡爱之，每对人口诵，谓是点铁成金也。范寥云："寥在宜州，尝问山谷。山谷云：'庭坚少时诵熟，久而忘其为何人诗也。尝阻雨衡山尉厅，偶然无事，信笔戏书尔。'"寥以纡"点铁"之语告之，山谷大笑曰："乌有是理？便如此点铁！"

人问邵尧夫："人有洁病，何也？"尧夫曰："胸中滞碍而多疑耳，未有人天生如此也。初因多疑，积渐而日深，此亦未为害。但疑心既重，则万境皆错，最是害道第一事，不可不知也。"

山谷在宜州，服紫霞丹，自云得力。曾纡尝以书劝其勿服，山谷答云："公卷疽根在旁，乃不可服。如仆服之，殆是晴云之在川谷，安得霹雳火也。"

山谷之在宜也，其年乙酉，即崇宁四年也。重九日，登郡城之楼，听边人相语："今岁当鏖战，取封侯。"因作小词云："诸将说封侯。短笛长吹独倚楼。万事总成风雨去，休休。戏马台南金络头。　　催酒莫迟留。酒似今秋胜去秋。花向老人头上笑，羞羞。人不羞花花自羞。"倚栏高歌，若不能堪者。是月三十日，果不起。范寥自言亲见之。

范寥言，山谷在宜州，尝作亥卯未晖肫，又作未酉亥晖肫，寥皆得享之。

王沂公每见子侄语话学人乡音及效人举止，必痛抑之，且曰："不成登对。"后亦如此。

李公择每饮酒至百杯，即止。诘旦，见宾客或回书问，亦不病酒，亦无倦色。

老苏初出蜀，以兵书遍见诸公贵人，皆不甚领略。后有人言其姓名于富韩公，公曰："此君专劝人行杀戮以立威，岂得直如此要官职做！"

忠宣公范尧夫居常正坐，未尝背靠著物。见客处有数胡床，每暑月蒸湿时，其余客所坐者，背所著处，皆有汗渍痕迹，惟公所坐处常干也。公所著衣服，每易以瀚濯，并无垢腻。履袜虽敝，亦皆洁白。子弟书室中，皆坐草缚墩子或杌子，初无有靠背之物。有一幕客，好修饰边幅，其衣巾常整整然，公未尝以目视之。每遇筵会，公不以上官自居，必再三勉客，待其饮尽而后已。惟劝至此幕客，一举而退。然此客不悟，每遇赴席，愈更洁其服而进。予每举此以戒吾家子侄。

王荆公《谢公墩》诗云："千枝孙峄阳，万本母淇澳。满门陶令株，弥岸韩侯薮。"贡父云："不成语。"

张天觉好佛，而不许诸子诵经，云："彼读书未多，心源未明，才拈著经卷，便烧香礼拜，不能得了。"

范蜀公镇每对客，尊严静重，言有条理，客亦不敢慢易。惟苏子瞻则掀髯鼓掌，旁若无人，然蜀公甚敬之。一日，有客问："公何为不重黄庭坚？"公曰："鲁直一代伟人，镇之畏友也，安敢不加重？"又问："庭坚学佛有得否？"公曰："这个则如何知得？但佛亦如何恁地学得？"

彭汝砺久在侍从，刚明正直，朝野推重。晚娶宋氏妇，有姿色器资，承顺惟恐不及。后出守九江，病中忽索纸笔，大书云："宿世冤家，五年夫妇。从今以往，不打这鼓。"投笔而逝。

晏文献公为京兆，辟张先为通判。新纳侍儿，公甚属意。先字子野，能为诗词，公雅重之。每张来，即令侍儿出侑觞，往往歌子野所为之词。其后，王夫人寖不容，公即出之。一日，子野至，公与之饮。子野作《碧牡丹》词，令营妓歌之，有云"望极蓝桥，但暮云千里。几重山，几重水"之句。公闻之，怃然曰："人生行乐耳，何自苦如此？"亟命于宅库支钱若干，复取前所出侍儿。既来，夫人亦不复谁何也。

陈莹中云，岭南之人，见逐客，不问官高卑，皆呼为相公。想是见相公常来也。

一长老在欧阳公座上，见公家小儿有小名僧哥者，戏谓公曰："公不重佛，安得此名？"公笑曰："人家小儿要易长育，往往以贱名为小名，如狗、羊、犬、马之类是也。"闻者莫不服公之捷对。

裕陵尝因便殿与二三大臣论事，已而言曰："尝思唐明皇晚年侈心一摇，其为祸有不胜言者。本朝无前代离宫别馆，游豫奢侈，非特不为，亦不暇为也。盖北有狂虏，西有黠羌，朝廷汲汲然，左枝右梧，未尝一日不念之。二虏之势所以难制者，有城国，有行国，古之夷狄，能行而已，今兼中国之所有矣。比之汉唐，最为强盛。"大臣皆言："陛下圣虑及此，二虏不足扑灭矣。"上曰："安有扑灭之理？但用此以为外惧则可。"

温公无子，又无姬侍。裴夫人既亡，公常忽忽不乐，时至独乐园，于读书堂危坐终日。常作小诗，隶书梁间云："暂来还似客，归去不成家。"其回人简有云："草妨步则薙之，木碍冠则芟之，其他任其自然。相与同生天地间，亦各欲遂其生耳。"可见公存心也。

石曼卿一日在李驸马家，见杨大年写绝句诗一首云："折戟沉沙铁未消，自将磨洗认前朝。东风不与周郎便，铜雀春深锁二乔。"后书"义山"二字。曼卿笑云："昆里没这般文章。"涂去"义山"字，书其旁曰"牧之"。盖两家集中皆载此诗也。此诗佳甚，但颇费解说。

熙宁四年，吕海表乞致仕，有曰："臣本无宿疾，偶值医者用术乖方，不知脉候有虚实，阴阳有逆顺，诊察有标本，治疗有后先，妄投汤剂，率任情意，差之指下，祸延四肢，寖成风痹，遂难行步。非徒惮跼蹙之苦，又将虞心腹之变。势已及此，为之奈何！虽然，一身之微，固未足惜，其如九族之托，良以为忧。是思逃禄以偷生，不俟引年而还政。"於戏！献可之论，可谓至矣。

周穜言，垂帘时，一日早朝，执政因理会事，太皇太后命一黄门于内中取案上文字来。黄门仓卒取至，误触上幞头坠地。时上未著巾也，但见新剃头撮数小角儿。黄门者震惧，几不能立。旁有黄门取幞头以进，上凝然端坐，亦不怒，亦不问。既退，押班具其事取旨，上曰："只是错。"太后命押班只是就本班量行遣。又言，一日辅臣帘前论事甚久，上忽顾一小黄门附耳与语，小黄门者既去，顷之复来，亦附耳而奏。上忽矍然而兴，俄闻御屏后小锣钹之声交作，须臾即止。上复出，一黄门抱上御椅子，再端拱而坐，直待奏事毕，乃退。太皇亦顾上笑。

章子厚为侍从。时遇其生朝会客，其门人林特者，亦乡人也，以诗为寿。子厚晚于座上取诗以示客，且指其颂德处云："只是海行言语，道人须道著乃为工。"门人者颇不平之。忽曰："昔人有令画工传神,以其不似,命别为之。既而又以不似,凡三四易。画工怒曰:'若画得似后是甚模样?'"满坐哄然。

章子厚,人言初生时,父母欲不举,已纳水盆中,为人救止。其后,朝士颇闻其事。苏子瞻尝与子厚诗,有"方丈仙人出渺茫,高情犹爱水云乡"之语,子厚谓其讥己也,颇不乐。

熙宁中,有荐华山陈戬者,博学,知治乱大体,三十年不出户庭,邻人有不识者,云是希夷宗人。既对,便坐。上先览其所进时议,甚喜之。至是命坐赐茶,戬乃趄趄皇恐,谢不敢者再三,云:"上有鸱尾,乞陛下暂令除去。"上使之退,左右皆掩笑。上亦不怒,对辅臣亦未尝言及。一日,忽有旨,赐束帛令还山。

太祖尝有言,不用南人为相,实录、国史皆载,陶穀《开基万年录》、《开宝史谱》言之甚详。皆言太祖亲写南人不得坐吾此堂,刻石政事堂上。或云,自王文穆大拜后,吏辈故坏壁,因移石于他处,后寝不知所在。既而王安石、章惇相继用事,为人窃去。如前两书,今馆中有其名而亡其书也,顷时尚见,其他小说往往互见,今皆为人节略去,人少有知者,知亦不敢言矣。

予一日道过毗陵,舍于张郎中巷,见张之第宅雄伟,园亭台榭之胜,古木参天,因爱而访之。问其世家,则知国初时有张佖者,随李煜入朝。太宗时,佖在史馆,家常多食客。一日,上问:"卿何宾客之多?每日聚说何事?"佖曰:"臣之亲旧,多客都下,贫乏绝粮,臣累轻而俸有余,故常过臣,饭止菜羹而已。臣愧菲薄,而彼更以为甘美,故其来也,不得而拒之。"七日,上遣快行家一人,伺其食时,直入其家。佖方对客饭,于是即其座上,取一客之食以进,果止粝饭菜羹,仍皆粗粝陶器。上喜其不隐,时号"菜羹张家"。佖三子益之、显之、沓之,皆尝为郎官,至今彼人呼其所居曰张郎中巷。

唐子方为人刚直,既参大政,与介甫议事每不协。尝与介甫议杀人伤者许首服,以律案问免死,争于裕陵之前。介甫强辩,上主其议。子方不胜愤懑,对上前谓介甫曰:"安石行乖学僻,其实不晓事,今与之造化之柄,其误天下苍生必矣!"上以其先朝遗直,骤加登用,亦不之罪。既而子方疽背而死。方其病革,车驾幸其第以临问之,子方已昏不知人，忽闻上至，开目而言曰："愿陛下早觉悟。可惜祖宗社稷，教安石坏却！"上首肯之。问其家事，无一言。及薨，又幸其第，见其画像不类，命取禁中旧藏本以赐其家。上有昭陵御题"直哉若人，为国砥柱"八字，印以御宝，下有昭陵御押字，予尝亲得见焉。其家传有云：子方一日见介甫诵《华严经》，因劝介甫不若早休官去。介甫问之，子方曰："公之为官，止是作业。更做执政数年和佛也费力。"介甫不答。一日，子方在朝假，介甫乃以子方之言白于上，将以危之。上大笑而止。

绍圣改元九月，禁中为宣仁作小祥道场。宣隆报长老升座，上设御幄于旁以听。其僧祝曰："伏愿皇帝陛下爱国如身，视民如子。每念太皇之保佑，常如先帝之忧勤。庶尹百僚，谨守汉家之法度；四方万里，永为赵氏之封疆。"既而有僧问话云："太皇今居何处？"答云："身居佛法龙天上，心在儿孙社稷中。"当时传播，人莫不称叹。於戏！太皇之圣，华夷称为女尧舜，方其垂帘，每有号令，天下人谓之快活条贯。

元祐癸酉九月一日初夜，开宝寺塔表里通明彻旦。禁中夜遣中使赍降御香，寺门已闭。既开，寺僧皆不知也。寺中望之，无所见。去寺，渐明。后二日，宣仁上仙。

尝闻祖父言，每岁三月二十八日，四方之人集于泰山东岳祠下，谓之朝拜。嘉祐八年，祖父适以是日至祠下，言其日风寒已如深冬时。至明日，地皆结冰，寒甚，几欲裂面堕指。人皆闭户，道无行迹。日欲入，忽闻传呼之声，自南而北，仪卫雄甚。近道人家有自户牖潜窥者，见马高数尺，甲士皆不类常人，伞扇车乘皆如今乘舆行幸，望庙门而入，庙之重门皆洞开，异香载路。有丈夫绛袍幞头，坐黄屋之下，亦微闻警跸之声，亦有言去朝真君回来，又有云真君已归，皆相顾合掌。中夜方不闻人语。又明日，天气复温，皆挥扇而行。后数日，方闻昭陵其日升遐。

昭陵上宾前一月，每夜太庙中有哭声，不敢奏。一日，太宗神御前香案自坏。

杜少陵《宿龙门》诗有云"天阙象纬逼"，王介甫改"阙"为"阅"，黄鲁直对众极言其是。贡父闻之，曰："直是怕他。"

刘贡父尝言，人之戏剧，极有可人处。杨大年与梁周翰、朱昂同在禁掖，大年年未三十，而二公皆高年矣。大年但呼"朱翁"、"梁翁"，每以言侵侮之。一日，梁戏谓大年曰："这老亦待留以与君也。"朱于后亟摇手曰："不要与！"众皆笑其捷。虽一时戏言，而大年不五十而卒。

今上初登极，群臣班列在庭。忽一朝士大叫数声，仆地不知人。扶未出殿门，气已绝。

予顷时于陕府道间舍于逆旅，因步行田间。有村学究教授二三小儿，间与之语，言皆无伦次。忽见案间有小儿书卷，其背乃蔡襄写《洛神赋》，已截为两段，其一涂污，已不可识。问其何所自得，曰："吾家败笼中物也。"问更有别纸可见否，乃从壁间书夹中取二三十纸，大半是襄书简，亦有李西台川笺所写诗数纸，因以随行白纸百余幅易之，欣然见授。问其家世，曰："吾家祖亦尝为大官。吾父罢官，归死于此，吾时年幼，养于近村学究家，今从而李姓。然吾祖官称姓名，皆不可得而知。顷时如此纸甚多，皆与小儿作书卷及糊窗用了。"会日已暮，乃归旅舍。明日，天未明，即登涂，不及再往，至今为恨也。

先公尝言顷见李公择云，曾于高邮道上，时正午暑，见临清流有竹篱茅屋，望之极雅洁，前有修竹长松，二道士临流弈棋于松阴间。其一疏髯秀目，其一美少年，肌体如玉。见公择来，皆欣然，然与之语，则凡俗鄙俚。入其茅屋下，往往堆积藁秸罌缶之类。观其寝处，秽污如仆厮。然忽问予能饮否，予曰："粗能之。"其少年道士徐起取酒。既而酒如米泔，且将臭败，于树间摘小毛桃子数枚，置案上。予疑其仙也，乃危坐敛衽，满引不敢辞。其盛酒物乃一大盆，饮于破陶器中，徐顾予仆曰："此人亦得。"乃与之酒一陶器。二道士先醉，长啸而入。予愈疑焉。既别数里许，询道旁人家，曰："二人者，里胥之子也。在城中出家，今其父死，归谋还俗而分其家财耳。"

庆历中，胡瑗以白衣召对。侍迩英讲《易》，读"乾元亨利贞"，不避上御名，上与左右皆失色。瑗曰："临文不讳。"后瑗因言《孟子》"民无恒产"读为"常"，上微笑曰："又却避此一字。"盖自唐穆宗已改"常"

字,积久而读熟。虽曰尊经,然坐斥君父之名,亦未为允。上尝诏其修国史,瑗乃避其祖讳,不拜。

旧制,讲读官坐而讲读,别置书策于御案上。仁宗忽一日讲读官已班立,俟上出,久之,忽有内侍官自御屏后出,大声曰:"有圣旨:今后讲筵官起立御案前讲读。"自是遂为定制。至神宗朝,王安石为侍读,以言道之所存,请复赐坐。有旨下礼官议。韩维以谓当赐坐,刘敞以谓不可,纷争不已,议于上前。维曰:"今有时禁中宣长老说法,犹升高踞坐。吾儒讲圣人大中至正之道,乃独不得坐耶?"敞曰:"彼髡徒何知?自是朝廷不约束耳!维读圣人书,乃亦欲如彼髡无君臣上下乎?安石非为道,为己重耳。"于是安石之请不行。至元祐初,程颐复请坐讲。太皇以皇帝幼冲,岂可先教改动前人制度,有旨令不得行。

今皇帝即位之明年,范纯仁卒,其遗表有曰:"伏愿陛下,清心寡欲,约己便民。达孝道于精微,摭仁心于广远。深绝朋党之论,详察正邪之归。搜抉幽隐,以尽才人;屏斥奇巧,以厚风俗。爱惜生灵,而毋轻议边事;包容狂直,而毋易逐言官。若宣仁之诬谤未明,致保佑之忧勤不显。皆权臣务快其私忿,非泰陵实谓之当然。以至未究流人之往愆,悉以圣恩而特叙;尚使存没犹玷瑕疵,又复不解疆场之严,几空帑藏之积,有城不守,得地难耕。凡此数端,愿留圣听。"此李之仪端叔之文也,上令大书此表,留禁中。章惇由是再贬雷州司户。端叔后坐党籍,终身废弃。

黄庭坚宜州之贬也,坐为《承天寺藏记》。

张舜民郴州之贬也,坐进《兵论》,世言"白骨似山沙似雪"之诗,此特一事耳。《兵论》近于不逊矣。舜民尝因登对云:"臣顷赴潭州任,因子细奏陈神宗感疾之因。"哲宗至于失声而哭。

元符二年十二月一日,水开五丈河,数处波浪涌起,亦有声如潮。水高丈余,数日而止。

富丞相一日于坟寺剃度一僧。贡父闻之,笑曰:"彦国坏了几个,才度得一个?"人问之,曰:"彦国每与僧对语,往往奖予过当,其人恃此傲慢,反以致祸者。敞目击数人矣,岂非坏了乎?"皆大笑。然亦莫不以其言为当。

赵悦道罢政闲居,每见僧至,接之甚有礼。一日,一士人以书赘见,公读之终卷,正色谓士人曰:"朝廷有学校,有科举,何不勉以卒业,却与闲退之人说他朝廷利害?"士人皇恐而退。后再往,门下人不为通。士人谓阍者曰:"参政便直得如此敬重和尚?"阍者曰:"寻常来相见者,僧亦只是平平人,但相公道只是重他袈裟。"士人者笑曰:"我这领白襕,直是不直钱财?"阍者曰:"也半看佛面。"士人曰:"便那辍不得些少来看孔夫子面。"人传以为笑。

元祐五年,先公为契丹贺正使。辽主问:"范纯仁今在朝否?"先公曰:"纯仁去年六月以观文殿学士知颍昌府。"又问:"何故教出外?"先公云:"纯仁病足,不能拜,暂令补外养病尔。"又问:"吕公著如何外补?"先公云:"公著去年卒于位,初不曾外补。"乃咨嗟曰:"朝廷想见阙人。"先公曰:"见不住召用旧人。"先是,辽主闻先公言纯仁以足疾外补,乃回顾近立之人微笑。先公既北归,不敢以是载于语录,尝因便殿奏陈。上微语曰:"因通书说与纯仁著。"未几,先公捐舍。八年,纯仁再入相,上首以此告之,且曰:"曾令李某通书说。"纯仁曰:"不曾得书。"

顷时都下有一卖药老翁,自言少时尝为尚书省中门子,门旁有土地庙,相传为大将军庙,灵应如响。庙有断碑,题额篆"汉大将军王公之碑。"龛在壁间。堂后官香烛牲酒无虚日,亦沾及阍者。每有大除拜,必先示朕兆。一夜,闻群鬼聚语,或哭或笑,或曰:"他运既当限,只得此来,怎奈何朝廷去里!"一曰:"社稷如此,又待如何?"其一曰:"改东作西,几时定叠?"至晓方不闻声。不数日,果有拜相者。

元祐五年,文太师自平章军国重事致政而去。初,潞公再入,刘挚于帘前言王同老所入札子,皆文彦博教之,乞行下史官改正。宣仁曰:"此大不然也。吾于此事熟知之矣。仁宗时,乞立英宗为嗣者,文太师也。后策立英宗者,韩相公也。功不相掩,不须改史。"宣仁既退,叹曰:"刘左丞幸是好人,何故如此?"挚既相,故潞公力求退,麻既入,御批纸背有云"音声不退,尚有就问之礼;几杖以俟,伫陪亲祀之朝。勿以进退之殊"云云。后学士院入此五句,下添"而废谋猷之告"。潞公年九十二，至绍圣五年卒。公逮事四朝，七换节钺，为侍中、司空、司徒、太保、太尉，知永兴、大名、秦州者再，两以太师致仕，五判河南，出将入相者五十余年，可谓功德兼美。既而党论兴，无所不有矣。

莘老入相，不及一年而罢，坐父死不葬。后莘老作《家庙记》自辩，刘器之为其集之序。

建中靖国辛巳，都下有一僧行诵《法华经》，昼夜不停声，虽大雨雪，亦然。行步极缓，问之不应，招之不来。有人随其后行，亦无止宿处。每诵数十句，即长叹一声曰："怎奈何无人知者？"

元祐丁卯十一月雪中，予过范尧夫于西府。先有五客在坐，予既见，因众人论说民间利害。公甚喜。书室中无火，坐久寒甚，公命温酒来，公与坐客各举两大白。公曰："说得通透后，令人心神融畅。"

或问范景仁："何以不信佛？"景仁曰："尔必待我合掌膜拜，然后为信耶？"

司马君实尝言，吕晦叔之信佛，近夫佞；欧阳永叔之不信，近夫躁：皆不须如此。信与不信，才有形迹，便不是。

裕陵尝问温公："外议说陈升之如何？"温公曰："二相皆闽人，二执政皆楚人，风俗如何得近厚？"又问："王安石如何？"温公曰："天资僻执好胜，不晓事。其拗强似德州，其心术似福州。"上首肯微笑。又尝称吕惠卿美才，温公曰："惠卿过于安石。使江充、李训无才，何以动人主？"

司马君实与吕吉甫在讲筵，因论变法事，至于上前纷拏。上曰："相与讲是非，何至乃尔！"既罢讲，君实气貌愈温粹，而吉甫怒气拂膺，移时尚不能言。人言一个陕西人，一个福建子，怎生厮合得著？

赵先生，蔡州人。后往来无定，苏子由诸公极爱重之。尝言："人将发，不惟门户有旺相，视仆史辈亦可知。洛中士大夫家仆史，往往皆官样。吾尝观主人将兴，其仆史辈必气宇轩昂，仍忠勤不为过。主人将替，仆史辈纵不偷钱，便一身疙瘩。周世宗与本朝艺祖方潜龙时，识者识其门下人，皆是节度使。"

赵先生能使人梦寐中随其往以观地狱。宝灵长老不信，欲往观之。先生与之对趺坐，命长老合眼正念。人视之，二人皆已熟睡，鼻息如雷。俄顷而觉，长老者流汗被体，视先生合掌作战悸之状。人问之，皆不答，但亟遣人往州桥，问银铺李员外如何。既而人回，曰："今早殂矣。"明日，长老遂退院而去。

京师慈云有昙玉讲师者，有道行，每为人诵梵经及讲说因缘，都人甚信重之，病家往往延致。一日，与赵先生同在王圣美家，其僧方讲说，赵谓僧曰："立尔后者何人？"僧回顾，愕然者久之。自是僧弥更修谨，除斋粥外，粒米勺水不入口；人有招致，闻命即往，一钱亦不受。

熙宁壬子九月，华山阜头岭崩，声震数十里，西岳祠门户皆震动，钟鼓成声，陷千余家。有大石自立，高四丈，周百八十尺。

今宣德门即正阳门，自明道元年十二月改此名，今得七十年，民间但呼正阳门也。

明肃既上宾，时遗诰以太妃杨氏为皇太后，军国大事，内中商量，阁门促百官班贺皇后。时蔡齐为中丞，厉声叱曰："谁命汝来？不得追班！"阁门吏皇惧而退。既而执政入奏："今皇帝二十四岁，何必更烦母后垂帘？岂有女后相继之理？"议未定，御史庞籍奏言："适已将垂帘仪焚了矣。敢有异议，请取旨斩于庭。"左右震栗。后自屏后曰："此间无固必。"于是删去遗诰中内中与皇太后商量一节。当时仓卒中，实自蔡齐先发之。

刘贡父言："每见介甫道《字说》，便待打诨。"

张文潜言，尝问张安道云："司马君实直言王介甫不晓事，是如何？"安道云："贤只消去看《字说》。"文潜云："《字说》也只是二三分不合人意思处。"安道云："若然，则足下亦有七八分不解事矣。"文潜大笑。

大参陈彭年，以博学强记受知定陵，凡有问，无不知者。其在北门，因便殿赐坐对，甚从容。上因问："墨智、墨允是何人？"彭年曰："伯夷、叔齐也。"上问："见何书？"曰："《春秋少阳》。"即令秘阁取此书。既至，彭年令于第几板寻检，果得之。上极喜，自是注意。未几执政。

程颐一日在讲筵，曰："闻有旨召江西僧元某，不知何为？"泰陵曰："闻其有禅学，故召来，欲一见之。"颐曰："臣所讲者，君臣父子仁义道德性命之说,尽在此矣。不省陛下以何为禅也?"上不语。颐又曰:"陛下深居九重之中,元某之名,如何得达?"上复不语。既罢讲,颐即移书两省谏垣,谓:"岂可坐视而不救? 不惟负两宫之委任,抑且负先帝之厚恩。"于是颐称病在假。太皇夜遣使至颐家,密传旨云:"皇帝既服不是,说书且看先朝面。"明日早参,既朝参。又明日当讲,既讲毕,欲退,一中官附耳密奏数语。上曰:"风露早寒,可共饮苏合酒一杯。"酒未至,上曰:"前日召江西僧,何益于治道,已令更不施行。"颐曰:"人主好佛,未有不为国家之害。陛下知之,社稷幸甚。"越数日,又因讲次,颐复奏陈曰:"梁武帝英伟之姿,化家为国,史称其生知淳孝,笃学勤政,诚有之。缘其身无他过,止缘好佛一事,家破国亡,身自馁死,子孙皆为侯景杀戮俱尽。可不深戒!"上曰:"前日江西召禅僧,已曾说与卿更不施行。"颐曰:"愿陛下取《梁武帝纪》一看。不然,臣当撮其要而上之。"上曰:"想是如此,卿必不妄言。"

　　近时一从官,其父本胥也,屡典大藩府,其治刻木辈极严,少有过举即黥配。亲旧有勉之者,则曰:"吾岂不知? 但吾为民父母之官,岂可见病民者坐视而不治也?"其为郡,所至有声。其父年九十二方卒,官封至宣奉大夫。

　　张先,京师人。有文章,尤长于诗词。其诗有"浮萍断处见山影,小艇归时闻草声"之句,脍炙人口。又有"云破月来花弄影"、"隔墙风弄秋千影"之词,人目为"张三影"。先字子野,其祖母宋氏,孝章皇后亲妹也。祖逊因是而贵,太宗朝为枢密副使。子野生贵家,刻苦过于寒儒。取高科,甫改秩为鹿邑县以殂。欧阳永叔雅敬重之,尝言与其同饮,酒酣,众客或歌或呼起舞,子野独退然其间,不动声气。当时皆称为长者。今人乃以"张三影"呼之,哀哉! 欧公为其墓铭。

　　黄庭坚尝言:"人心动则目动。"王介甫终日目不停转。庭坚一日过范景仁,终日相对,正身端坐,未尝回顾,亦无倦色。景仁言:"吾二十年来,胸中未尝起一思虑。二三年来,不甚观书。若无宾客,则终日独坐,夜分方睡。虽儿曹欢呼,只尺皆不闻。"庭坚曰:"公却是学佛作家。"公不悦。

　　神宗一日在讲筵,既讲罢,赐茶,甚从容,因谓讲筵官:"数日前因见司马光《王昭君》古风诗甚佳,如'宫门铜镮双兽面,回首何时复来见。自嗟不若住巫山,布袖蒿簪嫁乡县',读之使人怆然。"时君实病足在假,已数日矣。吕惠卿曰:"陛下深居九重之中,何从而得此诗?"上曰:"亦偶然见之。"惠卿曰:"此诗不无深意。"上曰:"卿亦尝见此诗耶?"惠卿曰:"未尝见此诗,适但闻陛下举此四句尔。"上曰:"此四句有甚深意!"

往见曾子固家有《五代政要》一百卷,今人家难得之,颇恨无笔力传写。尝爱世宗自改赐江南书,有曰:"但存帝号,何爽岁寒。傥坚事大之心,必不迫人于险。"语意雄伟,真得帝王大体。盖是嗣王欲削尊称,求缓师也。

黄庭坚年五岁,已诵五经。一日,问其师曰:"人言六经,何独读其五?"师曰:"《春秋》不足读。"庭坚曰:"於,是何言也!既曰经矣,何得不读?"十日成诵,无一字或遗。其父庶喜其警悟,欲令习神童科举。庭坚窃闻之,乃笑曰:"是甚做处!"庶尤爱重之。八岁,时有乡人欲赴南宫试,庶率同舍钱饮,皆作诗送行。或令庭坚亦赋诗,顷刻而成,有云:"君到玉皇香案前,若问旧时黄庭坚,谪在人间今八年。"

钱穆父尝言,顷在馆中,有同僚曹姓者,本医家子,贪缘入馆阁,不识字,且多犯人。钱一日因诵子瞻诗,曹矍然曰:"每见诸公喜此人,不知何谓?"或言其文章之士也,曹曰:"吾近得渠作诗,皆重叠用韵,全不成语言。"钱恐人作伪,命取以观之,乃子瞻醉中写少陵《八仙歌》。钱曰:"此少陵诗,子瞻写耳。"曹曰:"便老陵也好吃棒。"一日,诸公过其家,观其所藏书画。其家多资,虽真赝相半,然尤物甚多,有虞世南写《法华经》,褚河南写《闲居赋》、临《兰亭》,云其父得于天上,盖锡赉之物也。诸公爱玩,不能去手。又有阎立本粉画罗汉,横轴上各有赞,字画皆真楷可喜,乃唐时帝王御制,不知何帝所作,皆有小长印御制之宝,两头皆尖,如橄榄核状,外标首题云"应真横轴"。曹问坐客:"何故为应真?"或对曰:"真即罗汉也。"曹曰:"好好地团甚谜。"亟命易去,自题云"十八大阿罗汉"。或言"应真横轴"四字,亦是名人书。

晏临淄,临川人。其未生时,有仙人曹八百见其父,固谓之曰:

"上界有真人当降汝家。"自是其家日贫。临淄公既显,其季弟颖,自幼亦如临淄公警悟,章圣闻其名,召入禁中,因令作《宫沼瑞莲赋》,大见称赏。赐出身,授奉礼郎。颖闻之,走入书室中,反关不出。其家人辈连呼不应,乃破壁而入,则已蜕去。案上有纸,大书小诗二首,一云:"兄也错到底,犹夸将相才。世缘何日了,了却早归来。"一云:"江外三千里,人间十八年。此行谁复见,一鹤上辽天。"其年十八岁也。章圣御篆"神仙晏颖"四字,赐其家。

　　李觏,字泰伯,盱江人。贤而有文章。苏子瞻诸公极推重之。素不喜佛,不喜孟子。好饮酒作文,古文弥佳。一日,有达官送酒数斗,泰伯家酿亦熟,然性介僻,不与人往还。一士人知其富有酒,然无计得饮,乃作诗数首骂孟子,其一云:"完廪捐阶未可知,孟轲深信亦还痴。丈人尚自为天子,女婿如何弟杀之?"李见诗,大喜,留连数日,所与谈莫非骂孟子也。无何,酒尽,乃辞去。既而又有寄酒者。士人闻之,再往作《仁义正论》三篇,大率皆诋释氏。李览之,笑云:"公文采甚奇,但前次被公吃了酒后,极索寞,今次不敢相留,留此酒以自遣怀。"闻者莫不绝倒。

　　泰伯一日与处士陈烈同赴蔡君谟饭。时正春时,营妓皆在后圃卖酒,相与至筵前声嗃,君谟留以佐酒,烈已不乐。酒行,众妓方歌,烈并酒掷于案上,作皇惧之状,逾墙攀木而遁。时泰伯坐上赋诗云:"七闽山水掌中窥,乘兴登临对落晖。谁在画楼酤酒处,几多鸣橹趁潮归。晴来海色依稀见,醉后乡心即渐微。山鸟不知红粉乐,一声檀板便惊飞。"既而烈闻之,遂投牒云:"李觏本无士行,辄筵宾筵,诋释氏为妖胡,指孟轲为非圣。按吾圣经云,非圣人者无法,合依名教,肆诸市朝。"君谟览牒,笑谓来者云:"传语先生,今后不使弟子也。"吾谟后每会客,必以示坐上,以供一笑云。

　　张文潜尝云,子瞻每笑"天边赵盾益可畏,水底右军方熟眠",谓汤烰了王羲之也。文潜戏谓子瞻:"公诗有'独看红蕖倾白堕',不知'白堕'是何物?"子瞻云:"刘白堕善酿酒,出《洛阳伽蓝记》。"文潜曰云:"白堕既是一人,莫难为倾否?"子瞻笑曰:"魏武《短歌行》云:'何以解忧?惟有杜康。'杜康亦是酿酒人名也。"文潜曰:"毕竟用得不当。"子瞻又笑曰:"公且先去共曹家那汉理会,却来此间厮魔。"盖文潜时有仆曹某者在家作过,亦去失酒器之类,既送天府推治,其人未招承,方文移取会也。坐皆绝倒。

刘贡父平生不曾议人长短,人有不韪,必当面折之。虽介甫用事,诸公承顺不及,惟贡父屡当面攻之。然退与人言,未尝出一语。人皆服其长者。虽介甫亦敬服之。

黄鲁直尝云,《高祖纪》"恐能薄"止是才能之"能",合作奴登切,孟坚不必解说。彼音奴来切者,三足鳖也。徐浩诗"法士多瑰能",却在"来"字韵押,乃是僧似鳖尔。

予尝见苏子瞻一帖云:"岁行尽矣,风雨凄然。纸窗竹屋,灯火青荧。时于此间得少佳趣,无由持献,独享为愧。"一日,对贡父举此。贡父云:"前数句是夜行迷路,误入田螺精家中来。"

黄育,字和叔,鲁直叔父也。为童儿时,其伯氏长善,将诸儿出行,天骤雨,长善问诸儿:"日在雨落,翁婆相扑,是何语?"和叔曰:"阴阳不和也。"时年七岁矣。

朱康叔送酒与子瞻,子瞻以简谢之云:"酒甚佳,必是故人特遣下厅也。"盖俗谓主者自饮之酒为不出库。

范尧夫帅陕府。有属县知县,因入村,至一僧寺少憩。既饭,步行廊庑间,见一僧房颇雅洁,阒无人声,案上有酒一瓢。知县者戏书一绝于窗纸云:"尔非慧远我非陶,何事窗间酒一瓢?僧野避人聊自醉,卧看风竹影萧萧。"不知其僧俗家先有事在县,理屈坐罪,明日,其僧乃截取窗字黏于状前,诉于府,且曰:"某有施主某人,昨日携酒至房中,值某不在房。知县既至,施主走避,酒为知县所饮不辞,但有数银杯。知县既醉,不知下落,银杯各有镂识,今施主迫某取之。乞追施主某人与厅吏某人鞫之。"尧夫曰:"尔为僧,法当饮乎?"杖而逐之,且曰:"果有失物,令主者自来理会。"持其状以示子侄辈,曰:"尔观此,安得守官处不自重?"即命火焚之,对僚属中未尝言及。后知县者闻之,乃修书致谢。尧夫曰:"不记有此事,自无可谢。"还其书。

张子颜少卿,晚年尝目前见白光闪闪然,中有白衣人如佛相者。子颜信之弥谨,乃不食肉,不饮酒,然体瘠而多病矣。时泰陵不豫,汪寿卿自蜀入京，诊御脉，圣体极康宁。寿卿医道盛行，其门如市。子颜一日从寿卿求脉，寿卿一见大惊，不复言，但授以大丸数十，小丸千余粒，祝曰："十日中服之当尽，却以示报。"既数日，视所见白衣人衣变黄而光无所见矣，乃欲得肉食，又思饮酒。又明日，俱无所见，觉气体异他日矣。乃诣寿卿以告。寿卿曰："吾固知矣。公脾初受病，为肺所克。心，脾之母也。公既多疑，心气一不固，自然有所睹。吾之大丸实其脾，小丸补其心。肺为脾之子，既不能胜其母，其病自当愈也。"子颜大神之，因密问所诊御脉如何，寿卿曰："再得春气，脉当绝，虽司命无如之何。"时元符改元八月也。至三年正月，泰陵晏驾。寿卿后入华山，年已八十余矣。

昭陵上仙之日，金陵城外有人闻数千百人吹箫声，自空中过，久之方寂然。

崇宁改元之明年，蔡丞相既迁左揆，首令议天下州县皆建佛刹，以崇宁为额。时石豫为中丞，其门人陈确，贤士也，夜过豫，问豫曰："中丞岂可坐视?"豫曰："少待数日，看行与不行。"未几，豫招确，谓之曰："前夕之言，今早已纳札子矣。"上甚喜。乃是乞诏州郡，仍置崇宁观。

崇宁三年四月，大内火。宰辅请以司马光等三百九人姓名，大书刻石于文德殿门，谓之元祐党人。凡元符三年应诏直言人为邪等，附党籍于刑部，云以禳火灾。其年罢科举，颁三舍法于天下。

王安石配享文宣王庙庭，坐颜、孟之下，十哲之上。驾幸学，亲行奠谒。或谓："安石巍然而坐，有所未允。"蔡知院元度曰："便塑底也不得。"

四年正月，元度引兄嫌，以资政知河南府。送车塞道，凡三日，始见绝宾客，然后得行。禁中给赐之人，络绎于路。观者荣之。

明年，彗星见，其长亘天。禁中窗户洞明，与其他处不同。连夜诏毁文德殿门石籍，宫门方开。有旨取刑部籍入，或云亦焚之。

先大父国史在馆阁最久，多识前辈，尝以闻见著《馆秘录》、《曝书记》，并此书为三。仍岁兵火，散失不存。近方得此书于南丰曾仲存家，因手抄藏示子孙。晞老矣，未知前二书尚及见乎？建炎四年，岁在庚戌，孙朝奉大夫主管亳州明道宫赐紫金鱼袋晞书。

北窗炙輠录

［宋］施德操　撰

王根林　校点

校 点 说 明

　　《北窗炙輠录》一卷,宋施德操撰。施德操,字彦执,学者称持正先生,盐官(今浙江海宁)人。为学主孟子而拒杨、墨,力行好学,远近向慕。除本书外,另著有《孟子发题》等。

　　"炙輠"二字出《史记·荀卿列传》:"谈天衍,雕龙奭,炙輠过髡。"輠是车辆上盛润滑油的器具,炙輠是说輠虽经烤炙,犹有余膏,比喻辩士淳于髡善于议论,智慧无穷。本书记作者与宾客的谈论之语,内容多为当时士人及前辈的言行和杂事杂说,具有一定史料价值,亦可考见当时社会风俗。

　　本书现存版本,有《四库全书》本、《奇晋斋丛书》本、《读画斋丛书》本等。今以《四库全书》本为底本,校以其他诸本标点。凡底本脱、衍、误、倒者,皆据他本径改,不出校记。

目　录

卷上

新法之变，议者纷然。伯淳见介甫，介甫闻伯淳至，盛怒以待之。伯淳既见，和气蔼然见眉宇间，即笑谓介甫曰："今日诸公所争，皆非私，实天下事。求相公少霁威色，且容大家商量。管子云：'下令如流水之源，令顺民心也。'管子犹知尔，况乃相公高明乎！何苦作逆人事。"介甫为伯淳所薰，不觉心醉，即谓伯淳曰："业已如此，奈何？"伯淳曰："尚可改也。"介甫遂有改法之意，许明日见上白之。及明日见上，有张天骥者，实横渠弟也，自处士征为谏官，遂于上前面折荆公之短，荆公不胜其忿，遂不肯改。故伊川尝谓诸公曰："新法之弊，吾辈当中分其罪。使当时尽如伯淳，何至此哉！以诸公不能相下，遂激怒而成尔。"

范尧夫罢相，与伊川相见，责尧夫曰："曩者，某事相公合言，何为不言？"尧夫谢罪。又曰："某事相公亦合言，何为又不言？"尧夫又谢罪。如此连责数事，尧夫皆谢罪。及他日，伊川偶见尧夫札子一箧，凡伊川责尧夫所言，皆已先言之矣，但不与伊川辩一词，惟谢罪耳，此前辈之度量不可及也。

韩魏公与范文正公议西事不合，文正径拂衣起去，魏公自后把住其手云："希文事便不容商量。"魏公和气满面，文正意亦解。只此一把手间消融几同异。魏公所以能当大事者，正以此也。

欧公语《易》，以为《文言》、《大系》皆非孔子所作，乃当时《易》师为之耳。魏公心知其非，然未尝与辩，但对欧公终身不言《易》。

孙威敏不肯读温成皇后策文，仁宗再三令授之，威敏不受。仁宗曰："卿既不读，何不掷去？"威敏曰："掷则不敢掷，读亦不敢读。"立朝之节若此。

吕吉甫既叛介甫，介甫再用，遂令人廉其事，乃得吉甫托秀水通判张君济置田一事。君济置田时，吉甫有舅郑，不知其名，谓之郑三舅，往来君济间。介甫乃发其事，即拘君济、郑皆下狱，郑遂死狱中。

已而，奉敕张君济决配某州。临刑日，士大夫莫不哀伤之。决讫，有内臣出白纸一大幅，辄印其脊血而去。人大惊，问之，答曰："欲呈相公也。"呜呼！介甫酷烈，乃至如此乎！

姚进道在学士日，每夜必市两蒸饼，未尝食，明日辄以饲斋仆，同舍皆怪之。子韶问曰："公所市蒸饼不食，徒以饲仆，何耶？"进道曰："固也。某来时，老母戒某云：学中夜间饥则无所食，宜以蒸饼为备。某虽未尝饥，然不敢违老母之戒也。"市之如初。进道名□，华亭人。

进道尝渡扬子江，遭大风浪，舟人皆号呼，进道乃徐顾一亲□。徐德立，遽以名呼之曰："周公保取吾□来，德立强忍为取之曰：姚□生不为不义事。江神倘有知乎，使吾言不虚，风浪即止；不尔者，请就溺死。"俄而风霁。

禹锡高祖，谓之陶四翁，开染肆。尝有紫草来，四翁乃出四百万钱市之。数日，有驵者至，视之曰："此伪草也。"四翁曰："何如？"驵者曰："此蒸坏草也，泽皆尽矣。今色外□，实伪物也，不可用。"四翁试之，信然。驵者曰："毋忧，某当为翁遍诸小染家分之。"四翁曰："诺。"明日，驵者至，翁尽取四百万钱草，对其人一爇而尽，曰："宁我误，岂可误他人耶！"时陶氏资尚薄，其后富盛，累世子孙登第者亦数人，而禹锡其一也。禹锡名与谐，钱塘人。

子韶说"天生德于予，桓魋其如予何"，以为外物岂可必，而圣人之言乃如此，盖圣人之气不与兵气合，故知必不死于桓魋，此天下高论，古人所未到也。予亦以谓古人文字皆圣贤之气所发，虽一诗一文，亦天地之秀气。今人懒于文字者，盖其气不与圣贤之气及天地之秀气合，故不得不懒也。

龟山为余杭宰，郑季常本路提学。季常特迁，路见龟山，执礼甚恭，龟山辞让，久之，察其意，果出于至诚。即问之曰："提学治《诗》否？"曰："然。"龟山曰："提学治《诗》虽声满四海，然只恐未曾治。"季常曰："何以教之？"龟山曰："孔子云：诵《诗》三百，授之以政，不达，使于四方，不能专对，虽多，亦奚以为？今诵《诗》三百篇，倘授之以政，果能达欤？使于四方，果能专对欤？倘能了此事则可，不然，是原不曾治《诗》也。"季常不能对。

子韶既魁天下，已身为禁从，使归教学。圣锡既魁天下，乃不远千里始来从子韶学，此皆天下奇特事。又，子才妻圣锡，乃以书充奁具，此亦异事也。

赵清献初入京赴试，每经场务，同行者皆欲隐税过，独清献不可。以谓为士人已欺官，况他日在仕路乎？竟税之。

赵元镇丞相未第时，尝投牒索逋二百缗，其县令曰："秀才不亲至，乃令仆来耶？"因判其牒曰：某人同赵秀才出头理对。元镇视其牒曰："必欲赵秀才出头乎？奉赠三百千。"遂置其牒。

天经曰：介甫既封荆公，后遂进封舒王，合之为荆舒。故东坡诗曰："未暇辟杨墨，且复惩荆舒。"此皆门人不学之过。

胡安定自草泽召，有司令习仪，安定不可。有司问之，曰："某事父则知事君之义，在乡里则知朝廷之仪，安用习为？"当时谓其倔强。及他日，人皆属目视之，而安定拜舞之容、登降之节，蔼然如素官于朝者，众乃大服。

陈伯脩作《五代史序》，东坡曰："如锦官人裹孝幞头，嗟乎，伯脩不思也。昔太冲《三都赋》就，人未知重也，乃往见玄晏。玄晏为作序，增价百倍。古之人所以为人序者，本以其人轻而我之道已信于天下，故假吾笔墨为之增重耳。今欧公在天下如泰山北斗，伯脩自揣何如，反更作其序？何不识轻重也。"沈元用人或以前辈诗文字求其题跋者，元用未曾敢下笔，此最识体。元用名晦。

正夫曰："明皇本无意治天下，何以言之？颜真卿如何名德，及禄山反，真卿独全平原，乃始曰：朕不知有此人。又，异时欲相张嘉贞，乃不记其名姓，不知逐日用心在甚处？"

正夫曰："人有话，当与通晓者言之。与不通晓者言，徒尔费力，于彼此无益，反复之余，只令人闷耳。陆宣公之于德宗，横说直说，口说笔说，不知说了多少话，德宗卒不晓，其后，宣公竟不免忠州之行。至于汉高祖，踏着脚便会。"

荆公论扬子云投阁事，此史臣之妄耳。岂有扬子云而投阁者？又，《剧秦美新》，亦后人诬子云耳。子云岂肯作此文？他日见东坡，遂论及此。东坡云："某亦疑一事。"荆公曰："疑何事？"东坡曰："西汉果有扬子云否?"闻者皆大笑。

仁宗尝郊,时潞公作宰相,百官已就位。上忽暴中风,左右大惊扰。潞公急止之曰:"毋哗!"因诚左右曰:"事不得闻幄外。"乃扶上就汤药,遂称摄行事。至礼毕,百官无知者。当时但是乐减一奏,识者疑之,及出,人始知之,皆大惊,且服潞公之能当大事也。

范文正公云:"凡为官者,私罪不可有,公罪不可无。"天下名言也。

张道望,吾乡长者人也,尝作秀州司户。遇大旱,本府所以望山川、祷佛祠、祀土龙、坐蜥蜴、纵狱、徙市,所谓致雨之术,无不试,卒不雨。后欲乞水于海盐县神山之龙池,众白太守,以为张司户为人忠厚诚悫,使为之祷,宜有所感动,遂遣之。及望道乞水回,至中道,果大雨,村人皆罗拜雨中。自后州境有水旱,使望道祈之,往往辄应。当时号为感应司户。

蔡元长苦大肠秘固,医不能通,盖元长不肯服大黄等药故也。时史载之未知名,往谒之,阍者龃龉,久之,乃得见。已诊脉,史欲示奇曰:"请求二十钱。"元长曰:"何为?"曰:"欲市紫菀耳。"史遂市紫菀二十文,末和之以进。须臾遂通。元长大惊,问其说,曰:"大肠,肺之传送,今之秘,无他,以肺气浊耳。紫菀清肺气,此所以通也。"此古今所未闻,不知用何汤下耳。

钱塘有人小肠秘,百方通之不效。有一道士钱宗元视之,反下缩小便药,俄而遂通。人皆怪之,以问宗元,曰:"以其秘,故医者聚通之,聚通之,则小便大至,水道愈溢,而小便愈不得通矣。今吾缩之,使小便稍宽,此所以得流也。"此一事殊为特见。

黄师文云:"男子服建中汤,女子服四物汤,往往十七八得,但时为之损益耳。"有男子病小腹一大痛,其诸弟侮之曰:"今日用建中汤否?"师文曰:"服建中汤。"俄而痛溃。盖小便腹痛,为虚,其热毒乘虚而入,建中汤既补虚,而黄芪且溃脓也。子才有婢子,得面热病,每一面热,至赤,且痒绝闷绝,问师文,师文曰:"经候来时,尝为火所逼也。"问之,曰:"无之。"已而,思之曰:"昨者经候来,适为孺人粘衣裳,伛偻曝日中,其昏如裂火炙,以孺人趣其物,不敢已,由是面遂热。"师文曰："是也。"四物汤加防风，获差。师文用药，大率皆如此。平江有妇人，卧病垂三年，状如痨，医者皆疗治，不差。师文往视之，曰："此食阴物时遭大惊也。"问之，其妇人方自省曰：曩日方食水团，忽人报其夫堕水，由此一惊，遂苤菁矣。师文以丸子药一帖与之，用鸡粪汤下，须臾，取一痰块下，抉其痰，正包一小团，盖其当时被惊，怏怏在中，而不自觉也。其后妇人遂安。问为何药？师文曰："吾只去朱二郎家用十文赎青木香丸一帖与之。"曰："何为用鸡粪汤下？"曰："以鸡喜食糯也。"此师文谲耳，未必然也。师文父病口疮，师文治之不愈，心讶之，乃察访诸婢，果父尝昼同婢子寝，明日疮作。师文即详其时节，明日，即伺其父所寝时会其父净濯足，以某药帖脚心，差。又妇人舌风丹，每酒贴唇，则风丹重叠而起，痒刺骨，殆不可活。师文令服五积散，约数服，以杯酒试之，如其言饮酒已，丹不作。德昭一婢尝苦风丹，亦似此，闻其说，遂服五积散，亦差。又师文用五积散治产泻，产泻最难治，师文用此，殊效。

周正夫曰："仁宗皇帝百事不会，只会做官家。"

正夫曰："人不可不识主人位，自汉以来，识主人位者惟四人：西汉之张子房，东汉之陈太丘，蜀之诸葛亮，晋之陶渊明是也。子房既识主人位，遂坐其位。子房既去，陈太丘识之，遂坐子房之位。太丘既去，诸葛亮识之，又坐太丘之位。孔明既去，陶渊明识之，遂坐孔明之位。自此以往，则宾主莫辨，而坐席纷然矣。"

印说颜子不贰过，以为无第二念，亦快。

钱塘有两处士，其一林和靖，其一徐冲晦。和靖居孤山，冲晦居万松岭，两处士之庐，正夹湖相望。予尝馆于冲晦之孙𬬭，𬬭之居，即冲晦之故庐也。有一庵，岿峣于岭之上，东望江，西瞰湖，瞰湖之曲，正与孤山相值，而和靖之室，隐见于烟云杳霭之间。遐想当时之事，使人慨然也。和靖虽庐孤山，后有一室，正在凌云涧之侧，和靖多居此室耳。然冲晦比和靖，则和靖名字尤高，而冲晦以数学显。冲晦数学，当时士大夫皆宗之。然𬬭尝亲与余言曰："先祖有诫，子孙世世不得离钱塘。"以钱塘永无兵燹。

陶隐居、孙真人皆以药隐，亦隐之善，未能活国，且复活人，不亦可乎！近林灵素、沈洞玄真有活人心，平生施药，不可以数计。余与洞玄别二十年，闻其别后，医益工巧，视病罕诊脉，止令作咳嗽声，辄知病之所在，不知此何法也？在经有见而知之者，上也，闻而知之者，次也。洞玄之法，非闻而知之者乎？凡有病至，不惟与药，地稍远者，必设酒。其贫者，馆之，日与饮食，如此则亦难继矣。故人之所以馈洞玄者亦厚，临死日，犹有遗三十缗，盖尽费于此也。察洞玄之心，自孙真人以来，一人而已。

张永德守郑州，其军下有人诣阙告变者，太祖械送其人于永德，使自治之，永德止笞十。智哉，永德！

东坡性简率，平生衣服饮食皆草草。至杭州时，尝喜至祥符寺琴僧惟贤房闲憩，至则脱巾褪衣，露两股榻上，令一虞候搔，及起，观其岸巾，止用一麻绳约发耳。又，筑新堤时，坡日往视之，一日饥，令具食，食未至，遂于堤上取筑堤人饭器，满贮其陈仓米一器尽之。大抵平生简率，类如此。

德昭母年近八十，得疾，冬苦寒，夏苦热。八十非帛不暖，则老人之苦寒尚矣。至夏，则又酷畏热。德昭昆仲至冬则为重褥复幕，贮药炙炭，所以致暖之术，无不具。其昆仲遂不复入寝室，皆会卧宿于其母之帐，庶几人气有以温之也。至夏，则二人居帐外，居帐中者交手挥箑，以伺其母之动息，至倦则止。热甚，则帐外二人更之。谓婢妾不足委，皆不用。呜呼，事亲若此，亦可以无愧于古人矣！

友人史幼明任县尹，余告之曰："有官君子所最忌二事，在己则赃，在公家则聚敛。他罪恶犹可免，犯此二者，终身不可齿士君子之列。今时或有处身最廉，然掊克百姓，上以媚朝廷，下以谄权贵，辄得美官，虽不入己，其入己莫任焉。暗中伸手，此小偷也。公然聚敛，以期贵显，真劫盗也。"

章子厚谓温公为贼光，正可对盗跖谓孔子为盗丘也。

宇文虚中在北作三诗曰："满腹诗书漫古今，频年流落易伤心。南冠终日囚军府，北雁何时到上林。开口催颓空抱朴，胁肩奔走尚腰金。莫邪利剑今安在？不斩奸邪恨最深。""遥夜沉沉满幕霜，有时归梦到家乡。传闻已筑西河馆，自许能肥北海羊。回首两朝俱草莽，驰

心万里绝农桑。人生一死浑闲事,裂眦穿胸不汝忘。""不堪垂老尚蹉
跎,有口无辞可奈何? 强食小儿犹解事,学妆娇女最怜他。故衾愧见
沾秋雨,裋褐宁忘拆海波。倚杖循环如可待,未愁来日苦无多。"此诗
始陷北中时作,所谓"人生一死浑闲事"云云,岂李陵所谓欲一效范
蠡、曹沫之事? 后虚中仕金为国师,遂得其柄,令南北讲和,大母获
归,往往皆其力也。近传明年八月间果欲行范蠡、曹沫事,欲挟渊圣
以归,前五日为人告变,虚中觉有警;急发兵直至北主帐下,北主几不
能脱,遂为所擒。呜呼,痛哉! 实绍兴乙丑也。审如是,始不负太学
读书耳。

　　老子曰:"不见可欲,使心不乱。"孙次卿曰:"老子此语衍二字,何
不言'见可欲,心不乱'?"次卿名邦,杭新城人,家兄门生也,尝为户
郎,文有西汉风。

　　温公初官凤翔府,年尚少,家人每见其卧斋中,忽蹶起著公服,执
手板,坐久之,人莫测其意。范纯甫尝从容问其说,公乃曰:"吾念天
下安危事,不敢不敬。"范蜀公言储嗣事,章十九上,待罪百余日,须发
尽白。呜呼,君子于天下国家事,其精诚至于如此,古所无有也,直使
人敬仰。温公与蜀公平生友善,温公自谓吾与景仁实兄弟,但姓异
耳。观二君子此事,良哉,朋友!

　　子容尝言,淮南监司,童贯客也,坐累罢去,实子容叔氏微言之。
其监司往见贯,不得通,乃私事其使臣,使臣曰:"吾亦不能为公通姓
名,但伺相公出,公立于道左,我唱拜,公即拜,此见相公之道也。"其
人曰:"诺。"他日,贯出,其人遂立于道左,使臣果唱拜,其人遂拜。贯
问曰:"何人?"对曰:"某人。"贯曰:"这厮在此。"乃呼使过马首问之,
其人遂随贯至其第。参拜讫,贯曰:"汝不饥否?"乃令取酒一杯劳之。
遣去后,贯为雪其罪,遂复得淮南转运使。呜呼,方其为监司时,鼻息
上云汉,威声动山岳,不知来处乃如此。当时出蔡氏诸阍门者,往往
多此辈耳。子容名元广,姓张氏,华亭人。

　　沈元用有三大节。元用自奉使回,正二圣北狩伪楚僭窃时。元
用即欲仰药,时焕卿、沈子旸尚在元用幕下,二公急前抱持之,为翻其
药,曰:"事未可知,姑少迟之。"元用自此尝纳药于夹袋中,曰:"伪命

至,则饮此。"无何,伪命至,元用时适病,遂以病免,此一大节也。及阙时,元用知某州,一闻其事,即日致仕,此二大节也。丁一箭之起,屠戮人至酷,既经江西,州县望风奔溃。时元用知宣州,曰:"此贼死于此矣。"乃会士卒,自解髻剪顶心发烧灰,投诸酒,与士卒饮之,曰:"吾与汝辈誓死此城!"士卒皆奋,自此元用遂宿城上,不复归家。贼射城上,箭如雨,元用不为动。数日,元用临城谓贼帅曰:"吾城中无有,汝不如过,吾已与三军誓死此城矣!不信,请射我。"遂披胸使射,群贼大惊,皆罗拜城下而去,此三大节也。

张邦昌僭叛,论者谓非出邦昌本心,凡邦昌之立,止为救一城生灵。吾乡傅商霖曰:"此何言也!当时邦昌之分,止有一死耳!除一死,更无可言。吾当知死分耳,何知一城生灵耶?邦昌不立,未必累一城生灵。设令累之,则二圣北狩,一城死之,适其义,复何恨哉!"商霖名岩叟。

余寓秀州学三年,止得子容、子才二人。时余年二十七,而子才才年十八。子才渐渐少年,中性复滑稽,俊发则翻倒一斋。及其庄语,俨然而坐,衣裾不动者终日,余固心喜之。一日,范文正公有言:"宁可终身无爵禄,不可一日忘忠义。"遂抚案咨嗟久之。余由是遂与之亲厚。子容罕在斋,一日,自华亭来参见,余未之熟也。时同舍言其乡人近以捕盗改官,皆有歆羡意,独子容愀然叹息曰:"使张某他日忝一第,决不肯捕贼改官!"余喜曰:"何得此仁人之言!"由是益相亲厚。

余旧与先觉在乡中,多游大慈坞。时经行诸寺,闲观壁间前辈题名诗句,于祖塔得惠铨觉一诗曰:"谷口两三家,平田一望赊。春深多遇雨,夜静独鸣蛙。云暗未通月,林香始辨花。谁惊孤枕晓,涛白卷江沙。"又于静明寺尘壁中得诗两句云:"澜深鱼自跃,风暖客还来。"惠觉最为东坡、米元章所礼,甚为朴野,布衣草履,绳棕榈为带,时夜半起,槌其法嗣门,索火甚急,法嗣知其得句也。或称无油,辄呼疾燃竹,得火即疾书之。诗人之得句盖如此。惠觉诗浑然天成,无一毫斧凿痕,雍容闲逸,最有唐人风气,但七言殊未称,盖学力未至耳。

陈齐之谒茂实,茂实方挞其子,齐之曰:"公挞令嗣何为?"茂实曰："小儿辈须与挞之。"齐之曰："以某观之，正不当挞，挞之所以败之也。要须喻以道理尔。小儿辈自孩提时，即当喻以道理，曰：'如是是天下好事，如是是天下不好事，如是者可行，如是者不可行，如是者可耻，如是者不足耻。'孩提虽无知，而吾日聒之，所以入耳者熟。会当渐入处如此，则著脚下便使识士君子道路矣。所谓棰挞，岂可无哉！不得已而出之，使辅吾之道理尔。平日未尝出，一旦忽出之，被吾棰楚，其恐惧愧耻之心为如何？若然，则岂不谓之善教乎？今之教子者，都不喻以道理，但棰挞之，彼胸中固无知，又日被吾棰挞者已熟，遂顽然无耻矣。若是，则教之非所以败之欤？"齐之此言，可谓教子之法。

黄致一初看科场，方十三岁。时出《腐草为萤赋》题，未审有何事迹。同场以其儿童易之，漫告之曰：萤则有若所谓聚萤读书，草则若所谓青青河畔草，又若所谓君子之德风小人之德草，皆可用也。其事皆牢落不羁，同场姑以此塞其问，元非事实也。致一乃用此为一偶句云"昔年河畔，常叨君子之风；今日囊中，复照圣人之典"，遂发解。刘无言年十七岁，在太学，时称俊杰才。先季试偶读《司马穰苴传》，曰："将在军，君命有所不受。"乃谓同舍曰："某明日策中，必用此句。"明日，问《神宗实录》，问与昨日事殊，无言乃对曰："秉笔权，犹将也，虽君命有所不受。"此一策甚奇，诸长皆拱手，遂作魁。此皆一时英妙可笑，故事无工拙，顾在下笔何如耳。

诸葛孔明每见庞德公，辄拜床下。庞公初不令止，子韶曰："拜床下者，已为诸葛孔明，而受拜于床上者，其人何如哉？"诚哉，是言！然则诸葛孔明观庞德公，则其人物为何如。然其平生所有，乃付之灰埃草莽，自鹿门一隐之后，遂不见踪迹。呜呼，非其德盛，何以至此！又安得使孔明不为之屡拜乎？孔明视德公，固为晚进矣。然孔明在妙龄时，才气如何？当下视一世，乃肯拜德公于床下，此所以为诸葛孔明也。没量之人，只为此一点摩拂不下。

德先言一僧曰："吾佛法，岂有他哉？见人倒从东边去，则为他东边扶起，见人倒从西边去，则为他西边扶起；见渠在中间立，则为他推一推。"中间之说煞好。德先名兴仁，德昭弟也。

张思叔,伊川高弟也。本一酒家保,喜为诗,虽拾俗语为之,往往有理致。谢显道见其诗而异之,遂召其人与相见。至则眉宇果不凡,显道即谓之曰:"何不读书去?"思叔曰:"某下贱人,何敢读书?"显道曰:"读书人人有分,观子眉宇,当是吾道中人。"思叔遂问曰:"读何书?"曰:"读《论语》。"遂归买《论语》读之。读毕,乃见显道,曰:"某已读《论语》毕,奈何?"曰:"见程先生。"思叔曰:"某何等人,敢造程先生门?"显道曰:"第往,先生之门,无贵贱高下,但有志于学者,即受之耳。"思叔遂往见伊川。显道亦先为伊川言之,伊川遂留门下。一日,侍坐,伊川问曰:"《记》曰:有所忿懥,则不得其正;有所恐惧,则不得其正;有所好乐,则不得其正;有所忧患,则不得其正。正却在何处?"思叔遂于言有省。其后,伊川之学,最得其传者,惟思叔。今伊川集中有伊川祭文诗十首,惟思叔之文理极精微,卓乎在诸公之上也。

天经久疟,忽梦一人眉宇甚异,对天经哦一诗云:"塞北勒铭山色远,洛中遗爱水声长。秋天莼菜扁舟滑,夏日荷花甲第香。"病遂瘥,殊可怪也。天经因续其诗曰:"识面已惊眉宇异,闻言更觉肺肝凉。洛中塞北非吾事,莼菜荷花兴不忘。"天经于文艺皆超迈人,后竟不第。人或以为"洛中塞北"之句,不合谢绝之如此。然亦岂有是理乎?天经姓叶,名棨,字伯林,婺州人,以旧字行。

天经曰:异时尝在旅邸中,见壁间诗一句云:"一生不识君王面",辄续其下云:"静对菱花拭泪痕。"他日见其诗,使人羞死,乃王建《宫词》也。其诗曰:"学画蛾眉便出群,当时人道便承恩。一生不识君王面,花落黄昏空掩门。"唐人格律自别,至宫体诗,尤后人不可及也。

人见渊明自放于田园诗酒中,谓是一疏懒人耳,不知其平生学道至苦,故其诗曰:"凄凄失群鸟,日暮犹独飞。徘徊无定止,夜夜声转悲。厉响思清越,去来何依依。因植孤生松,敛翼遥来归。劲风无荣木,此荫独不衰。系身已得所,千载真相违。"其苦心可知,既有会意处,便一时放下。

《阳关》词古今和者,不知几人。彦柔偶作一绝句,云:"客舍休悲柳色新,东西南北一般春。若知四海皆兄弟,何处相逢非故人。"自古悲愁怨懑之思，一扫而尽，《阳关》词至此当止矣。彦柔姓陈，名刚中，英伟人也。后以江阴金判与子韶诸公同贬知虔州安远县，卒。

余所谓歌、行、引，本一曲尔。一曲中有此三节，凡欲始发声，谓之引，引者，谓之导引也。既引矣，其声稍放焉，故谓之行，行者，其声行也。既行矣，于是声音遂纵，所谓歌也。今之播鼗者，始以一小鼓引之，《诗》所谓应田悬鼓是也。既以小鼓引之，于是人声与鼓声参焉，此所谓行可也。既参之矣，然后鼓声大合，此在人声之中，若所谓歌也。歌、行、引，播鼗之中可见之。惟一曲备三节，故引自引、行自行、歌自歌，其音节有缓急，而文义有终始，故不同也。正如今大曲有入、破、滚、煞之类。今诗家既分之，各自成曲，故谓之乐府，无复异制矣。今选中有乐府数十篇，或谓之行，或谓之引，或谓之谣，或谓之吟，或谓之曲，名虽不同，格律则一。今人强分其体制者，皆不知歌、行、引之说，又未尝广见古今乐府，故亦便生穿凿耳。

高抑崇始封进札子，以为非和气不足以治天下，上首肯之。抑崇乃问上曰："陛下以为如何是和气？"凡人始上殿，皆皇恐战汗，惟恐应对失词，未有反致诘于上者，上为仓卒一问，亦愕然，乃曰："今疾疠不作，螟蝗不生，年谷丰熟，百姓安康，即和气也。"抑崇曰："此万物和气。陛下和气安在？"上默然。嗟乎，非和气不足以治天下，古人未能发也。抑崇发之，至哉，斯言！余观近世能尽斯道者，其程伯淳乎！

张子公为户侍，苦用度窘，欲出祠部，改盐钞。见秦丞相，秦曰："若干年不出，若干年不改盐钞矣。且止。"张乃具陈当时利害，俱不听。张怒，乃勃然曰："相公言大好，看势不可行。今日事势如此，安得沽虚誉、妨事实。一旦缓急，相公何处措力？"遂拂衣而起见。赵相公阚曰："如何？"张复陈其利害，丞相乃赞之曰："甚善，甚善！子能留心执事如此，吾复何疑。然于阚天下财赋乎？"曰："未也。"丞相曰："若此，则子亦小失契勘矣。"如某州有米若干，某州有米若干，某州有钱若干，某州有钱若干，复数数州，张但呀然，赵相曰："今所以不即发来者，发来，国家便有无限财赋也。因尝行文字，令且只就本府使，万一有缓急，某亦粗有备矣。如子之请，姑乃迟也，勿吝见教。"张乃大服，曰："若此，岂不是宰相秦桧之都不知国家虚实利害，但以虚词盖人，人心安得而服！"

龟山作《梅花》一诗寄故人，云："欲驱残腊变春工，先遣梅花作选锋。莫把疏英轻斗雪，好藏清艳月明中。"时故人正作监司，见此诗，遂休官。

诸司造船，吏夤缘为盗，每造七百料船，率破钉四百斤。曾处善为某路转运使，偶见破舰一，阁滩上，乃遣人拽上以焚之，人亦不测其意。既焚，得钉二百斤，于是始知用钉之实。朝廷于是立例，凡造七百料船，给钉二百斤，自处善始。

晏元献为宰相，兼枢密使，范文正参知政事，韩魏公、富郑公枢密副使，一时人物之盛如此。而范、韩二公与元献有旧，故荐之，而富公，其婿也。元献以嫌欲避位，而仁宗不许。夫宰相用人，正当如此，顾人才何如耳，安问亲旧乎？崔祐甫一日除吏八百，亲旧居其半，此乃天下之公道也。后之避嫌者，虽才如元凯，以亲故避不敢举，而弄权盗柄者又托此以市私恩、植党与，此人君之用人所以为难也。

应求谓余曰："使成安君果用李左车，韩信果擒乎？或自有处也。观当时之策，信乎殆矣！"予曰："不然。韩信入井陉，在李左车不用之后也。使不知敌人所取予，遽顿兵四险地，非甚庸将不至此，况韩信乎？大凡用兵，必先为敌人计，然后始能伐敌人。故邓公之军黥布，司马仲达之军公孙渊，皆出于此。李左车之计虽为赵之上策，然左车未陈此计时，乃先在韩信算中矣。故其策虽妙，安能施于信哉！但成安君用李左车，则赵亦未易下。"

禹锡问余曰："周伯仁救王导，始阳言曰，今年杀诸贼奴，取金印如斗大，系肘后。逮事已解，固当同车入见，虽告之以相救之意，庸何伤？卒不告，后竟遇害。伯仁亦阙。"余曰："不然。此所以见古人用心处也。元帝与王导，岂他君臣比？同甘共苦，相与奋起于艰难颠沛之中，今以王敦，遂相猜忌如此，君子所以深惜也。故伯仁之救导，欲其尽出于元帝不出于己，所以全君臣始终之义，伯仁之贤，正在于此。"

余尝爱茂实，谓有一武王，必有一伯夷；有一陈平，必有一王陵；有一霍光，必有一严延年；有一姚元之，必有一宋广平。不如是，无复人道矣。

　　子韶与正夫论仁宗朝人物，正夫曰："未说设施，只竖起几个人物在庙堂上也，须教太平。"

　　正夫谓子韶曰："昨强幼安来说话，引援甚富。某谓之曰：若此者，六一语，若此者，温公语，若此者，东坡语，若此者，山谷语。强幼安语却在甚处？幼安无语。"

　　陈明作为西浙漕来谒正夫，正夫因语次曰："昨日热。"陈亦曰："夜来大热。"正夫曰："公安知热？"陈笑曰："如正夫学问高明，议论英发，固某所不敢望。至于寒暑，天下人共知之，乃谓某不知热，何也？"正夫曰："公安知热，如某乃知热耳。某在闲处，无一毫事到心，故四时之变化、寒暑之盛衰，此身皆知之。言今日寒，则信寒矣，于是增衣裘。言今日热，则信热矣，于是减绤绤。以予言今日温、今日凉，皆与阴阳之候不差毫厘。今左右簿书狱讼，纷然在前，而利害祸福之心交战于中，性命且不知所在，又安得知寒暑也？"陈乃叹息曰："真高论。"

　　魏公夫人尝蓄婢，而魏公不知也。教以歌舞，至魏公生朝，乃出之。使上寿，公见其辨爽，悦之。其婢既上寿毕，忽泣下，公怪而问之。婢曰："念妾父在时，每生朝，婢子辈上寿，亦必歌此曲。今忽感其事，不知泪之所从也。"公曰："汝父为何人？"曰："某人。尝为某州通判。"公大惊，责夫人曰："此士大夫女，安得辄取为婢？"夫人谢不知，公即令与诸女列后，择一有官人厚嫁之。

　　魏公判北京，有术者上谒，言能视笏文知吉凶。魏公语其人明日至。明日，魏公作饭召通判，而术者遂预焉。公预与通判易笏，令视之，术者视魏公笏，言："某日当拜再召，在朝位若干年。"视通判笏曰："某日当进秩，当至某官。"既毕，魏公使人厚谢之。通判曰："狂生敢欺罔相公如此，罪应诛，乃反厚馈之，何也？"公曰："琦先欺也。"

　　正夫曰："茅庵草屋，风雨一兴，辄欲颠扑。至广厦大堂，虽震风疾雷，顿撼天地，而安若泰山。藩篱鸟雀，风劲草摇，则惊飞窜伏。而丰牛巨象，虽长鞭大棰，犹拂之不行。人之度量，其相悬亦如此。"

　　沈元用以四六自负，以谓当今四六，未有如晦者。其谢解起一联云："谷寒难暖，喜二气之或私；风引辄回，怅三山之不到。"真为绝唱也。惜其过贪，翻近芜秽耳。

　　先觉论文,以谓退之作古,子厚复古,此天下高论。

　　董应求以汉文有真才。文帝才一宽厚长者耳,初无一毫英武气,优游不事,若无能为者。当是时,外有强藩悍将,内有权臣孽君,乃中外恬然,故虽有七国之强,乃高祖过制,非文帝之罪。然亦终文帝之世,不敢有为,非有真才而何欤? 彼以智术把持天下者,可同年而语哉! 应求,名天民,泉州人。

卷下

温公为儿时，与群儿戏，有一儿堕水瓮中，群儿怖奔，公独不去，乃亟取石，就瓮下作一窍，以出水，水流出，其儿乃救。公为儿时，其仁术已如此矣。

平江有富人，谓之姜八郎。后家事大落，索逋者雁行立门外，势大窘，谓其妻曰："无他策，惟有逃耳。"顾难相挈以行，乃伪作一休书，遣之曰：吾今往投故人某于信州，汝无戚心，事幸谐，即返尔。将逃，乃心念曰：委债而逃，吾负人多矣。使吾事倘谐，他日还乡，即负钱千缗，当偿二千缗，多寡倍受。遂行。信州道中，有逆旅妪夜梦有群羊甚富，有人欲驱之，有一人呵之曰：此姜八郎羊也，毋得驱逐。恍然而觉。明日，姜适至其所问津，妪问其姓，曰："姜。"问其"第几？"曰："八。"妪大惊，延入其家，所以馆遇之甚厚。久之，乃谓姜曰："妪有儿，不幸早死，有妇，怜妪老，义不嫁，留以侍妪，妪甚怜之。欲择一赘婿，久之，未获。观子状貌，非终寒薄者，顾欲以妇奉箕帚，可乎？"姜辞以"自有妻，不可。"妪请之坚，姜亦以道途大困，不得已从之。其妻一日出撷菜，顾有白兔，逐不可得，欲返，兔即止，又逐之，又不可得，欲返，兔又止，如是者屡。遂追之一山上，兔乃入一石穴中，妻探其穴，失兔所在，乃得一石，烂然照人，持归以语夫。姜视之曰："此殆银矿也。"冶之，果得银。姜遂携其银往寻其故人，竟无得而归。因思曰："吾闻信州多银坑，向之穴，非银坑乎？"遂与其妻往攻之，果银坑也。其后，竟以坑冶致大富。姜于是携其妻与妪，复归平江，迎其故妻以归。召昔所负钱者，皆倍利偿之，此亦怪矣。余思其后妻怜其姑之老，义不嫁，此天下高节。而姜临逃，亦有倍偿所负之誓，亦足以见其人也。因缘会合，夫妇相际，天其以是报善人乎！

子范谓余曰："刘信叔守合淝，厥功高矣，然此一事亦有天幸者。"余曰："如何？"子范曰："闻其始与金人战，金人布阵西北，是日东南风大急，尘沙击面，金人大败。他日战，金人据上风，刃未接，风急反，尘沙甚焉,金人又大败。若是非天幸者乎?"余曰:"自金人南下,内外将士无一人为国家捐躯干出死力,一见敌人之前驱者,望风奔溃,相袭为常。惟刘信叔守庐州,甲兵脆薄,粮食单寡,当时将卒哄然欲散,信叔乃折箭为誓,劝徇忠义,谕以祸福,然后三军之士皆为之奋,左右支吾,卒能以孤垒折咆哮百万之师而夺之气。然则返风之异,安知其非精忠有以感动天地乎? 安得遽以为天幸也!"

明道知金华县,有人借宅居者,偶发地,得钱窖千余缗。其主人至,曰:"吾所藏也。"客曰:"吾所藏也。"遂致讼,二人争不已。明道问主人曰:"汝藏此钱几何时?"曰:"久矣。自建宅时即藏此钱在地矣。""汝借宅几何时?"曰:"三年。"明道乃取其钱,尽以钱文类之。明道既视其钱文,乃谓客曰:"此主人钱也。"客争之曰:"某之钱。"明道曰:"汝尚敢言! 汝借宅才三年,吾遍阅钱文,皆久远年号,无近岁一钱,何谓汝所藏也?"其人遂服。

有富人于氏卒,惟一子。忽一日,有一医蓦入其家,言:"吾乃父也。"其子惊问之,曰:"汝实吾子。异时乞汝于汝父,今吾老矣,汝从吾归。"其子不服,遂致讼。其医具致其乞子于于氏词,明道曰:"汝有何据?"曰:"有据。"曰:"何据?"曰:"某尚记一药方簿,志其岁月也。"明道令取药方,至,则纸墨甚古,其后书云:某年月日,以第几子与本县于二翁。明道留其方,明日问其子曰:"汝年几何?"曰:"几何。"曰:"汝父寿几何?"曰:"几何。"明道以其子之言,验医所书岁月合,乃谓医曰:"汝诈也。"医曰:"某安敢诈?"明道曰:"汝所记岁月,与其子之年信合矣,此特得其岁月耳,然汝有一缺漏处,乃不觉。"医曰:"其有何缺漏?"明道曰:"以汝云岁月,考于氏之年,时于氏之年三十四耳,何得谓之翁?"其医遂语塞。

又有一富人,亦有一子,方孩,无母,乃有一婿,将死,属其婿曰:"吾以子累君,幸君善抚之。他日吾子长,当使家资中分之。"乃出手泽付其婿。及其长,不肯如父约,其婿乃以手泽诉于县。明道乃密谓其子曰:"汝父,智人也。不如是,汝之死久矣。惟其婿有半资之望,故汝保全得至今。虽如是,某人亦贤也。不然,方汝幼时,岂不能杀汝取全资耶? 今岂当较其半耶?"其子悟,遂半分之。

明道在邑中，视其民如家人，或有所诉，至有不持牒竟造庭口述者。邑中事，无晨夜，得以闻。尝夜半有杀人者，明道惊曰："吾邑中安得有此事？"已而思之曰："当是某村某人也。"问之，果然。皆大惊，以问明道，明道曰："曩者，吾尝行诸乡，遍阅诸乡人，惟此人有悖戾气，是以知之。"其明察如此。

尝有监司问明道借两夫取桑白皮，曰："本司非乏人，顾闻桑白皮出土者杀人，故非其人不可使。惟公至诚格物，所使皆忠厚可委，所以奉浼耳。"

富郑公知郓州，有士人出入一娼家久，其后与娼竞，乃挝其面碎之，涅以墨，遂败其面，其娼号泣诉于府，公大怒，立追士人至，即下之狱。数日，当决遣，其士素有才名，府幕皆更进言于郑公曰："此人实高才，有声河朔间。今破除之，深为可惜。"公曰："惟其高才，所以当破除也。吾亦知其人非久于布衣者，当未得志，其贼害乃如此，以如斯人而使大得志，是虎生翼者。今不除之，后必为民患。"竟决之。

沈文通来知杭州时，有士人任康敔，即作薄媚及狐狸者也。粗有才，然轻薄无行，尝与一娼哄，亦墨其面。后文通知杭州，闻其事，志之。一日，文通出行，春燕望湖楼，凡往来乘骑者，至楼前皆步过，惟康敔不下马，乃骤辔扬鞭而过。文通怒，立遣人擒至，即敔也。顾掾吏案罪，即判曰："今日相逢沈紫微，休吟薄媚与崔徽。蟾宫此去三千里，且作风尘一布衣。"遂于楼下决之。此可为轻薄者之戒。

家兄门生，有沈君章，无他奇，但性颇孝，喜为狭邪游。一日，宿妓馆，因感寒疾以归，苦两股疼。其母按其股曰："儿读书良苦，常深夜阅书，学中乏薪炭，故为冻损耳。"君章谓余言，某闻老母此语时，直觉天下无容身处，即心誓曰："自此不复游妓馆矣。"后余察之，信然。此亦可谓善改过矣。

家兄门生，有汤良器，人品甚高，诗文字画皆肃然，事继母至孝。家兄既捐馆于江西，殡洪州时，良器已登第为江西司运司属官。遭罹兵革，久不与家兄相闻问。及舍侄横往扶护，偶于一客次见之。良器闻家兄死，沛然流涕，乃极力佐舍侄营办扶护事。良器实贫甚，乃尽取妻子首饰授舍侄。家兄旅榇得以万里护归者，良器之力十居七八。

予与良器款不久,然心知其贤者,其后果与子才善,又大为李伯纪所前席,其人固可知。今又观于家兄尽力如此,益信其为贤也。故家兄之贤弟子,惟孙力道、陆虞仲、汤良器、莘先觉、陈德昭,他余亦不能尽知。在诸公间,惟先觉不第而卒,而德昭犹在场屋,良器名阙。不幸早世,遂终于江西运司云。

家兄门生,有施大任,常知秀水嘉兴县。始视事,讼牒逾千纸,大任皆不问,独摘其无理者,得七八十,皆科罪。是日决挞至暮,其不尽者,明日又行之。自后,妄状者往往皆屏迹。

德昭有亲王子思,知海盐县。视事之初,其讼牒亦如大任时。子思不问,独摘其一无理者,对众痛杖之。杖讫,子思起入宅堂去,乃令一吏传教云:知县已饭,诸讼者饭罢,指挥其无理用钱抽取其牒去。及子思饭罢出,已失其半矣。由此言之,为政不可无术。

正夫曰:"人言汉高祖能用张子房,高祖安能用子房哉!实子房用高祖耳。然观高祖一村汉,颇识道理,能听人言语,遂将驱使之,见其时来,因为成就之耳。"

正夫曰:"人言陶渊明隐,渊明何尝隐,正是出耳。"

正夫阙谓子才:"阙入云间,妙矣。然犹未若怀禅师云'雁过长空影说寒',则天无留雁之心,雁无遗迹之意。"

正夫曰:"譬之射者,左亦见是的,右亦见是的,前亦是的,后亦是的。射者左射右射,面射背射,不论如何,只是要中的。如何是的,曰仁。"

正夫曰:"宰相须识体,若不识体,如何做得。他王荆公为宰相,每与百官争一事,皆亲书细字至数十札子犹不已,岂是宰相体。"

正夫曰:"天下有几等人,譬如以物自地累至天上,不知有几层也,自家须要在第一层上立坐地始得。"

正夫尝论杜子美、陶渊明诗云:"子美读尽天下书,识尽万物理,天地造化,古今事物,盘礴郁结于胸中,浩乎无不载,遇事一触,则发之于诗。渊明随其所见,指点成诗,见花即道花,遇竹即说竹,更无一毫作为。"故余常有诗云:"子美学古胸,万卷郁含蓄。遇事时一麾,百怪森动目。渊明淡无事,空洞抚便腹。物色入眼来,指点诗句足。彼直发其藏,义但随所瞩。二老诗中雄,同人不同曲。"盖发于正夫之论也。

渊明诗云:"山色日夕佳,飞鸟相与还。此中有真意,欲辨已忘言。"时达摩未西来,渊明早会禅,此正夫云。

或谓惠胜仲曰:"孔子在陈蔡之间,弦歌不绝,或几于遣。"胜仲曰:"胡为其然也?弦歌自是日用,乃不变常耳。安得谓之遣?"子韶甚喜胜仲之言,以告正夫。正夫曰:"固也。然圣人既当厄,亦当辍其日用事,以图所以出厄之道。至图之不可,乃安之如平日耳。不然,水火既逼,兵革交至,乃安坐不顾,是愚耳,何得为圣哉!故孔子所以虽弦歌不辍,终微服而过宋也。"

正夫说万物皆备于我,所谓狠如羊,贪如狼,猛如虎,毒如蛇虺,我皆备之。

正夫谓子才曰:"子路未可量,如子路拱而立,三嗅而作,当是子路自有省处。"

东坡待过客,非其人则盛列妓女,奏丝竹之声,聒两耳,至有终晏不交一谈者。其人往返,更谓待己之厚也。至有佳客至,则屏去妓乐,杯酒之间,惟终日笑谈耳。

旧传陈无己《端砚》诗云:"人言寒士莫作事,神夺鬼偷天破碎。"神言夺,鬼言偷,天言破碎,此下字最工。今本乃作鬼夺客偷,殊玉石矣。此当言鬼神,不可言客也。

窃闻王补之性至钝,每课百字至五百遍,始能成诵。然精苦不已,积久忽自通达。王补之之名,闻于四海,故知学者有不勉耳,勉之,其有不至者乎!性之利钝不计也。子思曰:"有弗学,学之弗能弗措也。有弗思,思之弗得弗措也。有弗辨,辨之弗明弗措也。有弗行,行之弗笃弗措也。"人一能之,己百之,人十能之,己千之。若是者,虽愚必明,虽柔必强。

毛泽民题西湖灵芝寺可观房紫竹一绝颇佳,云:"阶前紫玉似人长,可怪龙孙久未骧。第放烟梢出檐去,此君初不畏风霜。"泽名雾。

有一相识,妙于医,沈元用谓今世和扁,而论者弗之过。年来颇觉声稍减,以予思之,良以好贿重财故也。子容曰:"医者好货重财,已非其道,况一好贿,则有命于其间矣。病者之瘥不瘥,则系其命之厚薄也。"近人之多失,岂非坐是乎!

天经尝言:"一箪食,一瓢饮,在陋巷,人不堪其忧,回也不改其乐,此孔子所以贤颜子也。今人亦云,箪瓢陋巷,我能安之,岂不可笑也? 夫颜子负王佐之才,使小出所长,取卿相如拾地芥,然不肯苟进,乃安于陋巷,此所以贤也。今之人无才无德,本是穷饿之人,乃亦曰我能安贫,汝不安贫,欲将何为? 盖庙堂之上,本是颜子著身之地,今乃陋巷,非颜子之地矣。然乃能安之,此所以为颜子也。间阎沟壑,是汝著身之地,今在间阎沟壑中,适其所尔,又何言安焉?"天经之说极然。今无志气人,往往皆以此自安。孔子曰:贫与贱,是人之所恶也,不以其道得之,不去也。夫贫贱,岂君子之乐哉! 然而不去者,以我无贫贱之道故也。既有贫贱之道,安得不求去之。如之何为去贫贱之道,岂不以学不讲欤? 岂不以行不修欤? 岂不以不才无能欤? 此所以贫贱也。既以此得贫贱,在我者求去之,如何日夜讲学,日夜修身,日夜进其所不能,三者既尽,求其穷我者已不得矣。然后贵贱贫富举付之于无足道尔。今乃惰慢荒逸,一无所为,而曰我能安贫,是安于不材无状耳,安得谓之安贫贱哉! 又曰:贫者士之常,且只问他何如是士。

子韶常夜梦陈子尚,梦中忆其已死,乃问曰:"公尚留滞幽冥。"子尚曰:"公既不厌于生,我亦何厌于死?"此语殊有理。

陈履常以监司非其人,置其酒食于厅角,余既书之,续以语茂实,实大以为过当,曰:"譬如阳货馈孔子豚,孔子不应弃之,亦食之而已。"余深不喜此论,一时未有以答茂实,且方与他客语,遂罢。已而思之,阳货之豚,孔子未必食,何以知之? 孔子曰:"吾食于少施氏,未尝不饱,以施氏食我以礼。"故知孔子食于他或不饱也。推孔子不饱之意,则阳货之豚,安知其食也。孟子曰:"请无以辞却之,以心却之。"余深疑此事。君子于辞受之际,受则受,却则却,岂有受之而曰心却。余因此知孟子之言所谓心却之者,受之而不用也。古人如此者,阙倘实受享其利而曰心却,是妄语耳。阳货之豚,正心却之物也。

魏公应为徽州司理,有二人约以五更乙会甲家,如期往。甲至鸡鸣,往乙家,呼乙妻曰:"既相期五更,今鸡鸣尚未至,何也?"其妻惊曰:"去已久矣。"复回甲家,乙不至。至晓遍寻踪迹,于一竹丛中获一尸,乃乙也。随身有轻赍物,皆不见。妻号恸,谓甲曰:"汝杀吾夫也。"遂以甲诉于官,狱久不成。有一吏问曰:"乙与汝期,乙不至,汝过乙家,只合呼乙,汝舍乙不呼乃呼其妻,是汝杀其夫也。"其人遂无语,一言之间,狱遂成。

　　游𫍲,师雄殿院子也,知真定县时,朝廷新得燕山,其仓廪北人皆席卷去,燕山大饥,朝廷命府州县输粮调牛车,所在鼎沸,阃惟𫍲寂然无所为。吏人惧,更进言之,曰:"姑去,诉县粮已集将行矣。"吏人皆叩头,言罪不细,且此事非仓猝可办,今尚未蒙处分,奈何诸县且行矣?𫍲曰:"候诸县行,乃白。"已而,诸县皆行,𫍲乃遍召其民曰:"输粟事如何?"民咸曰:"晚矣。"𫍲曰:"不然。吾所以不敷汝粮、调汝牛车者,正以吾自有粮在燕山故也。"民惊曰:"如何?"𫍲曰:"汝第往燕山,固自有粮也。汝每乡止择能办事者数人,赍轻资往籴之。"民皆惘然,遂敷出金银,一一为区处毕。临行,又谓其人曰:"有余金,当盛买牛车以归。"民至燕山,所在粮运坌集,米价顿落焉,河北等路米有余,遂籴纳之。先至者以粮兑,久不得纳,皆卖牛车以自给,其遣人遂以余金买之,皆乘而归。后其事达朝廷,遂擢𫍲为河北运使。

　　邓光祖知严州某县时,当绍兴中,国家方创都钱塘,所需林木甚大,期且急,所在鼎沸,而光祖殊不经意。乃徐集诸里正各置之,即以朝廷所降木色丈尺人一纸,令各具其界中凡寺凡庙凡驿凡官道有木与所降式样合者,供不得脱一根。既供,乃令匠往视之,皆合。遂令里正伐之,官特与粮,不须臾,木乃大集,所得倍其数。他郡县皆望青斩伐,所残人家墓及民家要害甚众,而吏复贪缘求乞于其间,所在骚然,惟光祖丝毫无侵于民,且不出一吏,所得乃过诸县。二者颇相类,故并及之。

　　有落解者,作启事痛诋试官。时丁葆光为试官,复其启曰:俯知有司之不明,仰见君子之所养。又云:当俾志气塞乎天地之间,无使精神见于肝膈之上。又曰:韫匮而藏,何妨于待价之玉;踊跃自试,真所谓不祥之金。

郑毅夫以国子监第五人发举,意不平,为《谢主试启事》云:"李广事业,自谓无双;杜牧文章,止得第五。"此犹可也,又云:"骐骥已老,甘驽马以先之;巨鳌不灵,置顽石而在上。"

子韶言,旧闾巷有人以卖饼为生,以吹笛为乐,仅得一饱资,即归卧其家,取笛而吹,其嘹然之声动邻保,如此有年矣。其邻有富人,察其人甚熟,可委以财也。一日,谓其人曰:"汝卖饼苦,何不易他业?"其人曰:"我卖饼甚乐,易他业何为?"富人曰:"卖饼善矣,然囊不余一钱,不幸有疾患难,汝将何赖?"其人曰:"何以教之?"曰:"吾欲以钱一千缗,使汝治之,可乎?平居则有温饱之乐,一旦有患难,又有余资,与汝卖饼所得多矣。"其人不可。富人坚谕之,乃许诺。及钱既入手,遂不闻笛声矣。无何,但闻筹筭之声尔。其人亦大悔,急取其钱,送富人退之,于是再卖饼。明日笛声如旧。

刘若虚言,京师有富人,欲得一行头,难其人,有人荐一人以往,富人却之。其人谓其所荐曰:"某何以得却,幸试问之。"荐者问富人,富人曰:"我观其人不能忍饥,此不足掌财。"荐者告其人,其人曰:"某诚不能忍饥,只能忍饱。"富人闻之,遂召用之,果满意。

子韶言,某在史馆,方知作史之法,无他,在屡趣其文耳。

俞与材说,其所知史保人,家京师,有卖勃荷者京师呼薄荷为勃荷也。其家常买之。一日,天大暑,勃荷者至,渴甚,乞水于史。史乃以尊酒劳之,其人遂感激而去。后京城被围,史缒城出,时城外悉已煨烬,四顾,人马复寂然,史茫茫然行野中,忧恐甚。俄而,见茅店两间,史急趋之,则一人家。主人见史,大惊曰:"官人为何至此?此去咫尺,即大兵,不可前,幸当留此。"所以慰藉史者甚厚。史乃问:"汝为谁?"其人曰:"官人忘之乎?即卖勃荷者也。异时尝蒙官人尊酒之赐,时不忘,今日官人幸至此,某报尊酒之赐也。"史曰:"今京师外皆灰灭,汝独能存,何也?"曰:"某与一千人长厚善,故获保全至今。然行即遁耳。"且谓史曰:"斯人今当至,官人宜伏床下。"语犹未毕,所谓千人长者果至,与某人语,久之乃去。史方出,问曰:"汝何为与斯人善?"曰:"家本旅店,斯人曩时作河北商来京师,已十余年,常馆于吾家。吾家待之甚厚,此人常德某,故今始知此人非商也,乃金人间尔。"所谓千人长者遂卫其家出围，史因其人得免。案《金人败盟录》言金人本小国，一旦崛起，今据其间者，乃往来京师十余年耳，则金人谋我国家已久矣。所谓崛起者，非一旦也。史独以尊酒之惠，其人感恩，遂能免于死。恩之施人，其报效乃如此。

　　法言诎身，将以信道也。如诎道以信身，虽天下不为也。叔祖曰：身所以信道也，道之诎信，系吾身也，岂有身诎而道信者乎？南子，礼所当见也，阳货，礼所当敬也，二者皆礼也，非诎也，孰谓见所不见敬所不敬乎？

　　杨永功之丧，余在焉。有吊客至，或先哭而后拈香，或先拈香而后哭，二者孰是？余谓先哭而后拈香是。盖其人始死，往见其枢，则哀情已生，是时何暇为礼，便当哭尔。哭毕，乃拈香跪奠，始与之为礼。且今孝子出见，当先与之哭乎？当先致其慰之辞乎？是必先与之哭尔。生死之情一也。故商人先拜而后稽颡，周人先稽颡而后拜，孔子曰："吾从周。"

　　六义之说，新义以风、雅、颂即诗之自始。伊川谓，一诗中自有六义，或有不能全具者。六义之说，则风、雅、颂安得与赋、比、兴同处于六义之列乎？盖一诗之中，自具六义，然非深知诗者不能识之。夫赋、比、兴者，诗也；风、雅、颂者，所以为诗者也。有赋、比、兴而无风、雅、颂，则诗者非诗矣。取之于人，则四体者，赋、比、兴也，精神血脉者，风、雅、颂也。有人之四体，使无精神血脉以妙于其间，则块然弃物而已矣。夫惟善其事者，使精神血脉焕然于制作间，于是有风、雅、颂焉。风者何？诗之含蓄者也；雅者何？诗之合于俗者也；颂者何？诗之善形容者也。此三者，非妙于文辞者莫能之。《三百篇》皆制作之极致，而圣人之所删定者也。故三物皆具于诗中，而风尤妙。盖风有含蓄意，此诗之微者也。诗之妙用，尽于此。故曰"言之者无罪，闻之者足以戒"，非诗之尤妙者乎？此所以居六义之首也。欧阳公论今之诗曰："写难状之景，如在目前；含不尽之意，寄之言外。"知"写难状之景，如在目前"，此近于六义之颂也；"含不尽之意，寄之言外"，此近于六义之风也。

　　子尚说，君子向晦入宴息，以谓向晦入宴，众人皆同之，而未尝息。惟君子然后能息,言心之休息也。

　　叔祖善歌诗,每在学,至休沐日,辄置酒三行,率诸生歌诗于堂上。闲居独处,杖策步履,未尝不歌诗。信乎,深于诗者也!传曰:兴于诗。兴者,感发人善意之谓也。六经皆义理,何谓诗独能感发人善意,而今之读诗者,能感发人善意乎?盖古之所谓诗,非今之所谓诗。古之所谓诗者,诗之神也,今之所谓诗者,诗之形也。何也?诗者,声音之道也。古者有诗必有声,诗譬若今之乐府,然未有有其诗而无其声者也。《三百篇》皆有歌声,所以振荡血脉、流通精神,其功用尽在歌诗中,今则亡矣,所存者,章句耳。则是诗之所谓神者已去,独其形在尔。顾欲感动人善心,不亦难乎!然声之学犹可仿佛,今观诗,非他经比,其文辞葩藻,情致宛转,所谓神者,固寓焉。玩味反复,千载之上,余音遗韵,犹若在尔。以此发之声音,宜自有抑扬之理。余叔祖善歌诗,其旨当不出此。龟山教人学诗,又谓先歌咏之,歌咏之余,自当有会意处。不然,分析章句,推考虫鱼,强以意求之,未有能得诗者也。

　　苏仲虎说,公用射隼于高墉之上,获之无不利。孔子系之辞,殊可怪也。曰:隼者,禽也,谁道兽来?射之者,人也,谁道鬼来?如此,安用释为?三复其言,乃知圣人有微旨。盖公用射隼于高墉之上,释之曰:隼者,禽也,而射之者,人也,而词中本先已参之。孔子乃增一句云,弓矢者,器也。此何理哉?惟射隼者弓矢,今词中乃不见弓矢,是所谓藏器于身也。圣人之旨,岂不微哉!

　　仁宗尝与宫人博,才出钱千,既输却,即提其半走,宫人皆笑曰:"官家太穷相,阙又惜不肯尽输。"仁宗曰:"汝知此钱为谁钱也?此非我钱,乃百姓钱也。我今日已妄用百姓千钱。"又一夜,在宫中闻丝竹歌笑之声,问曰:"此何处作乐?"宫人曰:"此民间酒楼作乐处。"宫人因曰:"官家且听,外间如此快活,都不似我宫中如此冷冷落落也。"仁宗曰:"汝知否?因我如此冷落,故得渠如此快活。我若为渠,渠便冷落矣。"呜呼,此真千古盛德之君也!

　　仁宗一日视朝,色不豫,大臣进曰:"今日天颜若有不豫然,何也?"上曰:"偶不快。"大臣疑之。乃进言宫掖事,以为陛下当保养圣躬。上笑曰："宁有此,夜来偶失饥耳。"大臣皆惊曰："何谓也?"上曰:"夜来微馁,偶思食烧羊,既无之,乃不复食,由此失饥。"大臣曰:"何不令供之?"上曰:"朕思之,于祖宗法中无夜供烧羊例,朕一起其端,后世子孙或踵之为故事,不知夜当杀几羊矣!故不欲也。"呜呼,仁矣哉!思一烧羊,上念祖宗之法度,下虑子孙之多杀,故宁废食。呜呼,仁矣哉!宜其四十二年之间,深仁厚泽,横被四海也。

家兄门生有孙力道,在乡校与一同舍舒子进相友善。子进本富家子,后大贫,有孀妇挟二孤累然从。子进既不能为之资,年寝老,嫁无售者,力道深怜之。每自念,使我忝一第,必娶之。无何,力道果登第,时年虽近四十,然美丰姿,贵官达宦争欲婿之者十数,力道皆谢去。遂归语舒氏婚,及舒氏归,已白发满头矣。力道与之欢如平生。呜呼,世称刘廷式之义,谓千载一人,今力道之事,岂减廷式哉!力道蚤年以贫不娶,乃独以教学养遗孤。平生所行,皆忠厚事,然未尝与人言,亦罕有能知者。力道名朝宗,钱塘人,终于江山县丞。

家兄门生有陆虞仲,崇宁初,同家兄赴省试。明日,省榜出,是夜举子无睡者,惟虞仲酣寝如平日。黎明,报虞仲遇,同舍皆噪以入曰:"虞仲公遇矣。"虞仲方觉。乃徐问曰:"彦发遇否?"同舍曰:"偶遗。"虞仲曰:"彦发不遇,吾事不可知。"复酣寝如初。人皆服其度量。自登第后,愈笃学,其在仕路,以风节著,后以监察御史召,未及供职而卒。虞仲名韶之,即子正父也。

二家兄蚤年力学,冬夜苦睡思,乃以纸剪团靥如大钱,置水中,每睡思至,即取靥贴两太阳,则涣然而醒。其苦如此。治《诗》善讲说,其讲说多自设问答,以辞气抑扬其中,故能感发人意,故子韶谓家兄讲说有古法,如《公羊》、《榖梁》之文。然江浙间治《诗》者多出家兄门,前后登第者数十人,而家兄反不第,岂非命耶?曩久困太学,尝有启事一联云:"池塘绿遍,又是春风;河汉夜明,忽惊秋月。"当时太学同舍者皆诵此语。后推恩为某州会昌县主簿卒。家兄讳国光,字彦发。

祸福报应之理,浅言之则不验,深言之则近怪,故儒者之于祸福,可以默会,难以言谈也。古今论祸福者多矣,惟子韶立论,以为唐虞三代之时,圣人在上,其气正,其气正,故祸福之应亦正也。唐虞三代之下,圣人不作,故其气乱,其气乱则祸福之应亦乱也。然其间不能无小差者。尧之圣而丹朱失天下,舜之圣而商均失天下,其善报为何如?瞽之不仁而舜兴,鲧之不仁而禹兴,其恶报为何如?以大概言之,则子韶之论似也。然如向之所论,则祸福之报,莫切于父子之亲。当尧舜之身,故不能无疑,然作善降之百祥,作不善降之百殃,本不差毫厘,奈何不达理者指夫颜夭跖寿之事,便疑其不验也。善哉,老氏之言曰:"天网恢恢,疏而不漏。"倘因此言推而达之,则祸福之神理庶乎能默会矣。

　　子韶省榜中有《春秋》试官,一门生亦与试,其试官尽授以平生所作《春秋》。又云,场中当出某题某题,宜熟记之。有人微知其情,且以告陈阜卿,盖阜卿、宗卿皆《春秋》也。曰:"《春秋》额最窄,此不可不记。"阜卿曰:"有命。"他日考试毕,择明日奏名。是夜,有一试官,忽群鼠斗,不可睡,听之,鼠斗落卷笼中,其试官起驱之,则寂然无有,再睡,其斗如初,审听之,果落卷笼中也。又起驱之,复寂然,如是者三。其试官乃心动曰:"岂是中有卷子乎?"燃烛尽取落卷阅之,果得一书卷大佳。试官曰:"事已定,虽得此何为,姑留之。"明日,试官方会茶,俄而下座有一小试官起白知举曰:"《春秋》止当取二人,取三人已侵他经分数矣。今只取若干卷,于书额大亏矣,乞行处分。"遂袖中出一状称说云云。知举曰:"业已定,奈何?"其试官曰:"固知无及矣,然今日论列之,万一有谪罪,庶几免罪尔。"众试官曰:"去一《春秋》易耳,顾何所得书卷乎?"其夜试官陈鼠斗之事,皆大骇,因出书卷观之,众皆称善。遂出一《春秋》,正其门生也。其《春秋》试官犹争不已,众人不可,竟见黜。而阜卿兄弟皆遇,岂不谓有天理乎?阜卿名文茂,常州人。

　　子韶榜中有许叔微,尝梦有人告之曰:"汝无及第分。"叔微梦中遂恳其人,以何道使某可第?其人曰:"分止尔,奈何?"叔微曰:"行阴德可否?"其人颔首而去。叔自此遂学医,颇有得。亡何,其乡中大疫,叔微遂极力拯疗之,往往获全活者颇多。一夕,复梦其人唱四句云:"呼卢殿上,请何事主,王陈间隔,呼六为五。"及是榜,子韶既魁,王郊第四人，陈祖吉第五人，叔微第六人。叔微又应该恩人升一名，遂得第五人恩例。所谓"王陈间隔，呼六得五"，其亲切如此。呼卢者，传胪之谓也。

关子开颇有前辈风，尝为乡校直学，令开图书匠开一图书。匠姓蒋，年七十余，子开时亦年五十余。蒋既开图书至，索价若干，子开售以若干，不可，又售以若干，复不可。子开素负气，乃掷图书于地曰："老畜生乃尔爱钱！"乃叱曰："去！安用汝印为！"蒋色不动，乃俯拾其图书，徐纳怀中，曰："直学无怒，老夫虽贱，然尝与先长官往来。"子开闻之悚然，乃拱手至膝曰："唯唯。"又曰："长官尝有一帖，老夫尚藏之，明日取呈。"明日其人来，子开冠履如见大宾者。礼毕，蒋遂出其父帖，亦止令开图书，其后乃署名曰瀫上蒋处士。子开既知父执，乃谢罪曰："某不知，昨日遂失礼于长者。"蒋退，乃竟送出门而去。蒋布衫草履，傲睨王公，而子开实世家，又盛怒如此，一闻先人之语，即悚然改容，遂与其人为礼如此。□□□□第气可喜。子开名演，有诗名江浙间。

进道说，张安道年德俱高，士大夫多往拜之，公初不令止。有孙延嗣，为邻郡倅。一日，往拜公，公曰："吾已受公家拜四世矣，且可六拜。"延嗣既拜而起，乃抚之如子侄。然前辈受拜，各自不同。吕原明言，欧公有故人子来拜者，但平受，初不辞让。至荆公、温公始答拜。至其人通寒温，叙父兄交契毕，再拜，始不答，如此则受半礼矣。吾乡关子开、子东兄弟见米元章，拜之，元章曰："忝蒙先长官不弃，不敢答拜。"遂平受八拜。前辈受拜礼不同如此，然以余意观之，荆公、温公最得中制云。

进道尝酒酣，书乘流则行，遇坎则止。攻苦食淡，吾素怀也。或人厚我，使红裙传觞，盘列珍羞，吐之则忤人，茹之则忤己，当此之时，但付之一笑。陶渊明所谓觞来为之尽，既去无吝情，其此之谓。庭先见此语，乃指"乘流则行，遇坎则止"谓余曰："要须古人下语，至进道之言吐之则忤人，茹之则忤己，此语便不然。"又曰："必如此乎？"进道此一段最为宛转，庭先意直，须随波逐浪，方明自在。姑留于此，使后人观之，果庭先语然乎？进道语然乎？

进道《祺书》云："上士虽不读书亦进，下士虽读天下之书亦不进，惟在我辈，正当读书耳。"进道此语殊有味，虽然，上士安可不读书？进道第一等人，乃自处以自必读书，盖可知矣。

余邻人岁畜一犬，每满一岁则卖之。屠者至，捕犬，其犬跳梁号叫，虽屠儿不能近。其主人者往焉，其犬正窘急间，见主人，乃摇尾贴耳，作呷音声。至以首揩摩其主人，以为护己有所恃也。俄而，擒之以授屠者，使人不欲视。余谓邻人曰："汝无卖犬，犬可怜如是，况平日有吠盗之功乎？犬直几何？吾当岁授汝直。"邻人感余言，亦不卖犬。

张九何镇蜀，凡官于蜀者，既不得以子属行。及到官，例置婢，惟九何公不置婢，官属遂无敢置婢者。公闻，遂买两婢，官属乃敢畜之。公将去任，呼婢母嘱之曰："当善嫁此女。"且厚赠遣之，犹处子也。

杜祁公请乞得请，旋于洛中置一宅居之。时欧公为留守，祁公入宅，即携具往庆。欧公见门巷陋隘，谓公曰："此岂相公所居者？当别寻一第稍宽者迁之。"公曰："某今日忝备国家宰相，居此屋，谓之小固宜，然异日齐郎承务居之，大是过当。"竟不许。

曹彬平江南回，诣阁门称"曹彬勾当江南公事回"。而杜祁公罢相归乡里，书谒称"前乡贡进士"。前辈所以取功名富贵，如斯而已。

温公每至夜，辄焚香告天曰："司马光今日不作欺心事。"夫君子行己，固求合于道，既合于道，何必天地知之？而天地亦岂不知，温公何必告此哉？公之为此，盖自警之术也。

刘器之问道于温公，温公曰："自不妄语入。"自谓平生不妄语，此事不学而能，及细看之，始知人岂得不妄语？如与人通书问、叙间阔，必曰"思仰"，推此以往，皆妄语也。

赵清献公既致政归，其清修益至，每浣中衣，不敢悬空处，曰："恐触污神灵。"乃挂于床，使阴干。推此，其有欺暗室事乎？

清献公平时类蔬食，不得已，止一肉。及对宾客，殽核皆尽。

吴十朋家买鳗一斤，得一枚，其婢治之。破其腹，尾急缠其臂，解去，乃段之，复急缠其臂，至段尽，其尾方定。又异日学中烹鳝，汤正腾沸，乃以鳝投之，鳝皆跳踯汤中，有一鳝飞至屋梁，乃复堕地而死。

呜呼，可怪也已！故鳗鳝不可不戒，贪生怕死，同于人也。

杭州江涨桥有富人黄氏，惟嗜鳖，日羹数鳖。一日，其庖者炰鳖，以为熟也，揭釜盖，有一大鳖仰伏于盖顶，乃复入釜中。须臾揭之，其鳖又仰焉，庖人怜之，其厨适临河，乃纵诸河，羞余鳖以进。主翁为讶其少，以为盗之也，鞭之，两髀流血。庖人痛甚，卧灶下，既觉，顿觉痛止。视两髀则青泥封其疮，讶之。俄而，见鳖自河负泥而上，庖人大怪之，具以实告主翁。主翁感其事，遂不食鳖。后遂舍其庐为寺，即今之黄家寺是也。

有孚维心亨，说者曰，君子身虽处险，而其心常亨，予窃以为不然。凡《易》言亨，皆一字句，以为必如是乃亨耳。维心亨又坎岂曰置身之地，故君子在坎，不求所以出坎之道。但曰维心亨乎？象曰："坎，险也，行险而不失其正，乃以刚中。"此也释有孚之辞。夫刚中之德，行险而不失其正，则君子处险之道尽矣。然则维心亨，乃言出险之道也。亨者出险之谓，谓君子欲出险乎？维有此心耳。阙吾心术能出险之道，圣人既陈所以出险之道，又指人以出险之路，其释坎之辞始两尽矣。他日，子正过，论《易》曰近思有孚维心亨，未得其说。偶一日闲昼卧，乃闻隔壁两脚夫当渡江，一夫曰："钱塘江甚险，汝托得此心否？"某乃抚席而起曰："此有孚维心亨也。"余曰："余此说旧矣。"子正名景端，熙仲侄。

子正谓余曰：孟子论浩然之气，曰："是气也，至大至刚，以直养而无害，则塞乎天地之间。"伊川则以至大至刚以直为句，其下止曰养而无害。介甫则以至大至刚为句，下曰以直养而无害。以伊川为句，止能形容浩然之气，于直字毫无功用。以介甫为句，直字方有力。余深喜其说，以为子正于学问，知求日用处矣，然有大不然者。浩然之气，安能无一直字？无一直字，则不成浩然之气矣。何者？直正是气，浩然正是养，无一直居其中，则必至粗暴，大则成荒唐，又安能配义与道乎？

陈齐之谓余曰：子贡以知见许，故孔子特告之以"汝与回也孰愈"？盖欲其自阙中入。子贡不领，反入知见中走。故曰"回也，闻一以知十；赐也，闻一以知二"。孔子复晓之曰"吾与回皆为知见作"，不为知见所困者,惟颜子耳。故曰汝不如也。齐之名长方,本福宁人,今居平江。

高抑崇说,修其天爵而人爵从之,以谓修其天爵,而人爵来从。其不来奈何?若不来,是天爵无验也;若欲其来,则与修天爵以要人爵何以异也。所谓从者,非此之从也,从者,任之而已。

兹四人迪哲,于商不言成汤,于周不言武王,说者纷然。子才曰:"《无逸》一篇,皆谓享国长久,所以不言汤武耳。"然后众说皆破。文字有如此分明而不见者,亦可怪也。

余尝爱族侄庭先说《诗》,以为言之不足,故嗟叹之,使言之可足,却只如此也。嗟叹之不足,故咏歌之,使嗟叹之可足,却只如此也。咏歌之不足,故不知手之舞之足之蹈之也,使咏歌之可足,却只如此也。惟都了他不得,故独为之舞蹈耳。

滕元发始至殿前,已取作第三人,以犯谏见黜,后复至殿前,仍居第三。时郑獬殿头,杨绘第二人,或问元发曰:"公平生以大魁自负,今止得第三,何其次也?"元发曰:"只为郑的獬、杨的绘也。"

王沂公作三元,人皆贺之,众交赞其三元之盛。公正色曰:"曾当时窗下读书,意本不为此二字。又在太学时,至贫,冬月止单衣,无绵背心,寒甚,则二兄弟乃以背相抵,昼夜读书,人或遗之以衣服,皆不受。"盖是时已气盖天下矣,安得不亨达!

刘得初、白蒙亨、刘观皆太学名士,太学魁往往三人皆专之。一日,尝在场中会卷子,得初先出之,犯讳,二人不言。次蒙亨出之,又犯讳,二人亦不言。最后观出之,复犯讳,二人亦不言。三人者皆自喜,谓二人犯讳,魁将谁归?及见黜,始知皆犯讳,此何容心!

有一青阳衍,治《周礼》,赴上京试,其邻坐有人,过午犹阁笔。衍素不识其人,遂起揖之曰:"日晚矣,未下笔何也?"其人曰:"今偶困此题,犹未有处,奈何?"衍即与卷子,令体之。其人得衍文,会其意,须臾立就。榜出衍魁,其人本经第二人。其文至今载《荣遇集》中。

一人云乡中有士人某在场中,虽骨肉至亲扣之,卒不告一辞。而其人实高才,平生诗文,混之东坡集中,人莫能辨也。今年且六十矣,犹困场屋。陈阜卿兄弟居常卷子令所知恣观,然兄弟皆早第。由是言，在彼不在此也。

　　章子平《监赋》云："运启元圣，天临兆民，监行事以为戒，纳斯民于至纯。"上览卷子，读"运启元圣"，上动容叹息曰："此谓太祖。"读"天临兆民"，叹息曰："此谓太宗。"读"监行事以为戒"，叹息曰："此谓先帝。"至读"纳斯民于至纯"，乃竦然拱手曰："朕何敢当！"遂魁天下。此赋虽不切题，然规模甚伟，自应作状元。当时破此四句，亦岂有此意，偶作如此看。由是知世间得失，往往皆类此耳。

　　庭先见予书王信伯始见伊川事，以为侍立七十余日，止得"不为血气所迁"一句。庭先以为七十余日不语便是矣，正不在此一句止。此庭先具眼处，但只此一句，亦不是容易。

　　尝有数相识闲会话，有一相识言，旧有人于常买家，以钱三十得一子石，即石卵也，漫用压纸。有人见其石，欲得之，遽酬钱数千。其人见其着价高，心疑之，未与，遂复增至二十缗。其人见其着价愈高，其心益疑，以为宝也，遂不与。然持此石屡年，无他异，人亦无顾者，但见所知则摩挲其石曰："此尝有人酬二万钱矣。"如是又屡年，其亲知谓其人曰："公持厥石久矣，虽有畴昔之价？然卒无他异。为公计，不如一剖之，恐其中或有异。就如其价，不过失二十缗，而平生之疑以决，岂不快哉！"其人然其说，遂破之。乃有一鱼跃出，其中泓然清流也。人皆异之，但不知其人欲得此将何为？时何子楚在座曰："是必有用也。"

　　异时有人亦畜一石，初不以为异，胡人见之，惊叹不已，遂愿得此石，遽酬万缗。其人亦以酬价高，犹豫未与，胡人守其石不去，遂增至十万缗，乃与之。人问胡人："此石何异也？"胡人遂取盆水，以石置水中，使人谛视之，乃有一马现石中，有飞动之状。人问曰："此石固异矣，然何用也？"胡人曰："此龙驹石，以水浸之，饮马辄生龙驹，此无价宝也。"由是言之，则其人之欲得子石，意者亦若有此类用耳。

　　余杭万氏有水盆，徒一寻常瓦盆耳。然冬月以水沃之，皆成花，所谓花者，非若今之茶花之类，才形似之也。盖趺萼檀蕊，皆成真花，或时为梅，或时为菊，或时为桃李，以至芍药、牡丹诸名花辈，皆交出之以水沃之后。随其所变，看成何花，初不可定其色目也。万氏岁必一宴客，观水盆花，人亦携酒就观焉。政和间，天下既奏祥瑞，而徽宗复喜玩物，天下异宝咸辐辏，颇皆得爵赏。万氏以为"吾之盆天下至异，使吾盆往，当出贡献上，蒙爵赏最厚"，遂进之。及盆入，乃不复成花矣，几获罪。呜呼，人之爵赏，岂容滥取也。万氏水盆闻于江浙久矣，挹水浸之即成花，顷刻无差，一冒爵赏，遂失其花，岂偶然哉！世之无义无命贪冒爵赏者，观万氏之盆，亦可以少省矣。

花之白者类多香，其红者殊无香。今花以香名于世者，白花居十七，红居三，惟荷花、瑞香之种，而瑞香亦才琐碎小红耳。不惟名于世者，篱落田野间杂花之香者，不可胜数，大率皆白色，而红色者无一二也。固知戴其角者阙其齿，傅以翼者两其足，此理在天地间无物不然也。

《本草》云，椒合口者杀人，桑白皮出土者杀人，鱼无目者与鳞逆者杀人。如此十余种鱼无目者与鳞逆，固未之见也。今人烹鱼，岂皆能去椒之合口者？店家桑白皮，安能保其无出土者？然亦未尝见杀人，他物亦尔，是果古人不足信欤？余窃观《本草》之论药，如左氏之论祸福，凡人一威仪之失度，一言语之不中节，以为皆得祸。《本草》言椒实之合口，桑白皮之出土，皆以为杀人，一威仪之失度，一言语之不中节，未必遽得祸。而左氏断之以必得祸，盖有得祸之理也。一椒实之合口，一桑白皮之出土，未必遽杀人，而《本草》断之以杀人，盖有杀人之理也。既有得祸杀人之理，则安得不慎！今人食物，或不死者，盖其五脏和平，血气强盛，幸有以胜之耳。不幸而是中失调，血脉方乱，则又以一物投之，祸莫测也。

山 房 随 笔

[元] 蒋子正　撰

徐时仪　校点

校 点 说 明

　　《山房随笔》一卷,元蒋子正撰。子正,字平仲。正史无传。书中所记多为宋末元初之事,有"穆陵在御"之语,故当为宋末元初人。书中说到其曾"分教溧阳",则其宋末曾任溧阳学官。据其书中品评所记前人诗词有"对属甚切"和"皆有思致"等语,可知其亦工于诗词。

　　综观全书内容,一为记叙前人遗闻轶事,如记刘改之因善于赋诗而受到辛弃疾的知遇,遂成为莫逆之交。又如记赵淮被刑,其宠姬请葬,遂盛其骨殖投江而死。二为记叙见闻所得前人所赋诗词和题词,间作品评,志在存佚。如记聂碧窗咏北妇和题京口天庆观中赵太祖像。又如记陆秀夫挽张世杰诗时说到"此诗全篇不传,忠义英烈虽亡,尤耿耿也"。书中所载诗词往往与传本不尽一致,可供研究文学史之佐证。如王昂《催妆词》,可据以考校《全宋词》所录此词。又如书中所录的一些诗词,虽仅为断联残韵,然亦为研究文学史上的这些诗人提供了弥足珍贵的资料。尤其值得一提的是书中记叙贾似道贬死事甚详,可据以补正史之阙。

　　此书成于元初。《古今说海》、《稗海》、《说郛》、《知不足斋丛书》和《四库全书》等皆收录此书,然内容不尽一致。现以《知不足斋丛书》为底本,又据《藕香零拾》本补以其未收录的 11 则,加以标点,并校以《稗海》、《说郛》和《四库全书》诸本。《知不足斋丛书》本载此书作者为蒋正子,《四库全书》本等则为蒋子正。本书从《四库全书》所据纪昀家藏本改为"子正",囿于史料,谨记此存疑。

目　　录

山房随笔

辛稼轩帅浙东时,晦庵、南轩任仓宪使。刘改之欲见,辛不纳,二公为之地,云:"某日公燕,至后筵便坐,君可来,门者不纳,但喧争之,必可入。"既而,改之如所教,门外果喧哗。辛问故,门者以告。辛怒甚,二公因言改之豪杰也,善赋诗,可试纳之。改之至,长揖。公问:"能诗乎?"曰:"能。"时方进羊腰肾羹,辛命赋之。改之对:"寒甚,欲乞卮酒。"酒罢,乞韵。时饮酒手颤,余沥流于怀,因以流字为韵。即吟云:"拔毫已付管城子,烂首曾封关内侯。死后不知身外物,也随樽酒伴风流。"辛大喜,命共尝此羹,终席而去,厚馈焉。席散,南轩邀至公廨,置酒,语之曰:"先君魏公一生公忠为国,功厄于命,来挽者竟无一篇得此意,愿君有作以发幽潜。"改之即赋一绝,云:"背水未成韩信阵,明星已陨武侯军。平生一点不平气,化作祝融峰上云。"南轩为之堕泪。今《龙洲集》中不见此二诗,岂遗之邪?又云稼轩守京口,时大雪,帅寮佐登多景楼,改之敝衣曳履而前。辛令赋雪,以"难"字为韵,即吟云:"功名有分平吴易,贫赋无交访戴难。"自此莫逆云。

李公山节,汾州人也。端平中,朱湛、卢复之使北展觐八陵,引李与王仲偕南。李初任乡郡节制司干官,后任西山倅。时正倅陈三屿松龙会寮友于多景楼,赏杨妃菊,令诸妓各持纸笔侍众官请诗。李自江下后至,酒一行,起,背手数步,吟云:"命委马嵬坡畔泥,惊魂飞上傲霜枝。西风落日东篱下,薄幸三郎知不知?"辞至精切,或至阁笔。

西山张倅芸窗有绣养娘者,命苍头递一罗帕与馆人刘启之童,偶遗之于地,芸窗责刘,即遣去。刘作诗谢张云:"夜深挝鼓醉红裙,半世侯门熟稔闻。自是东邻窥宋玉,非关司马挑文君。苍头误送香罗帕,簧舌翻成贝锦文。幸赖老成持定力,一帆安稳过溪云。"

李邦美过句容之村乡,见酒肆粉壁明洁,题云:"青裙白面哄挑菜,茅舍竹篱疏见梅。"未及后联,店翁怒曰:"我以此壁为人涂污,方一新之。今尔又作俑也。"遂不书。有客续至,问翁,翁悔之。一日,李再过之,翁请足成。李笑取笔书云:"春事隔年无信息,一声啼鸟唤将来。"往来知音皆爱之。

宝祐甲寅,江东多虎,有司行袚禳之典。青词末联云:"虽曰寅年之足,或有数存;去其乙字之威,尚祈神力。"盖古诗有"寅年足虎狼"之句,传谓"虎威如乙字",对属甚切。

京口韩香除夜请客作桃符,云:"有客如擒虎,无钱请退之。"以其姓为对也。

直北某州有道君题壁一诗,云:"彻夜西风撼破扉,萧条孤馆一灯微。家山回首三千里,目断天南无雁飞。"

"曾闻海上铁斗胆,犹见云中金甲神。"乃陆枢密君实挽张郓州世杰诗也。张公拥德祐、景炎、祥兴于海上,各拥兵南北岸。一夕大风雨,皆不利,张舟覆而薨。翌早,获尸棺殓焚化,其胆如斗大而焚不化,诸军感恸。忽云中见金甲神人,且云今天亡我,关系不轻,后身当出恢复矣。此诗全篇不传,忠义英烈虽亡,尤耿耿也。

僧本真号月湖半颠,赋吴门上元云:"村翁看了上元归,正是西楼月落时。夸道官衙好灯火,不知浑点尔膏脂。"微闻于郡守吴退庵,遂命住虎丘寺。

有刺夏金吾贵云:"节楼高耸与云平,通国谁能有此荣。一语淮西闻养老,三更江上便抽兵。不因卖国谋先定,何事勤王诏不行。纵有虎符高一丈,到头难免贼臣名。"人谓北兵既至,许贵以淮西一道与之养老,故戢兵不战。然宋当国者处置失宜,方诏贵及其子松,上流策应。又知正阳失利,松已死,不能无憾。又俾受孙虎臣节制,乃大不乐。本无战心,况秋壑退师,数十万众一鼓而溃,夏虽勇健亦何为哉。

京口天庆观主聂碧窗,江西人。尝为龙翔宫书记。北朝赦至感而有诗云:"乾坤杀气正沉沉,又听燕台降德音。万口尽传新诏好,四朝谁念旧恩深。分茅列土将军志,问舍求田父老心。丽正押班犹昨日,小臣无语泪沾襟。"又哀被虏妇云:"当年结发在深闺,岂料人生有别离。到底不知因色误,马前犹是买胭脂。"又咏北妇云:"双柳垂肩别样梳,醉来马上倩人扶。江南有眼何曾见?争卷珠帘看固姑。"观中有赵太祖真容,北来者见必拜。聂因题其上云:"凤表龙姿俨若新,一回展卷一伤神。天颜亦怪君非房,河北山东总旧臣。"

梁栋隆吉题茅峰云:"杖藜绝顶穷追寻,青山世界开岖嵌。碧云遮断天外眼,春风吹老人闲心。大君升天宝剑化,小龙入海明珠沉。何人更守元帝鼎,有客欲问秦王金。颠崖谁念受辛苦,古洞未易寻幽深。神光不破黑暗恼,山鬼空作离骚吟。安得长松撑日月,华阳世界收层阴。长笑一声下山去,草木为我留清音。"隆吉以戊辰登科,任仁和尉。老依元符宫宗师许道杞,许甚礼之,且阙其家。梁好嘲骂,众道士恶之,遂笺此诗告官,以讥时逮捕金陵,备尝笞楚。卒得免,亦终不偶而殂。

吴履斋开庆之变再入相,四明士子上诗:"来则非邪抑是邪,绿堤何必更行沙。瑟当调处难胶柱,棋到危时见作家。公论有谁能著脚,事机至此转聱牙。不如叠嶂双溪下,行对青山坐看花。"言者附贾似道描画弹劾,贬循州而殂。饶州士熊某嘲之,云:"近来西北又干戈,独立斜阳感慨多。雷为元城驱劫火,天胡丁谓活鲸波。九原谁起先生死,万世其如公论何。道过雕峰休插竹,想逢宗老续长歌。"菊岩季苾祭以文曰:"潞公不能不疏,温公不能不毁,赵忠简不能不迁,寇莱公不能不死。尔民无福,岂天夺之?我士无禄,岂天厌之?呜呼!后世而无先生者乎,孰能志之?后世而有先生者乎,孰能待之?"

永嘉余德邻宗文与聂碧窗弈棋,余屡北。有卖地仙丹者,国手也。余呼之至,绐聂云:"某有仆能棋,欲试数著不敢。"聂俾对枰,连败数局。余自内以片纸书十字:"可怜道士碧,不识地仙丹。"聂大笑曰:"吾固疑其不凡。"

三山林观过年七岁,嬉游市中,以鬻诗自命,或戏令咏转矢气,云:"视之不见名曰希,听之不闻名曰夷。不膏若自其口出,人皆掩鼻而过之。"林曾试神童科,不甚达。

三衢留中斋甲辰大魁,文山宋瑞丙辰大魁。中斋作相,身享富贵三十年,仕北为尚书。文山才登第,丁父忧,仕途亦坎壈。乙亥纠义兵勤王,终以罔功。患难中倚之为重,虽名为相,黄扉之贵、万钟之奉无有也。江西罗壶秋诗云:"啮雪苏郎受苦辛,庾公老作北朝臣。当年龙首黄扉客,犹是衡门一样人。"中斋物色将罗织之,亟归而免。

薛制机言有贺自长沙移镇南昌者,启云:"夜醉长沙,晓行湘水,难教樯燕之留。<small>杜诗</small>朝飞南浦,暮卷西山,来听佩鸾之舞。<small>王勃</small>"又有贺除直秘阁依旧沿江制置司干办公事,云:"望玉宇琼楼之邃,何似人间;从纶巾羽扇之游,依然江表。"上巳请客云:"三月三日,长安水边多丽人;一咏一觞,会稽山阴修禊事。"又云:"良辰美景,赏心乐事,四者难并;崇山峻岭,茂林修竹,群贤毕至。"姚橘洲尹临安,时吴履斋拜相。姚语诸客作启贺之,商量起句。彭晋叟云:"转鸿钧,运紫极,万化一新;自龙首,到黄扉,百年几见。"

陈云屋嘲翟兄之姓,云:"失足如何跃,无光耀不成。若非身倚木,为棹亦难行。"时翟馆水南杨氏,盖嘲其倚杨也。

莫两山伤丁氏故基,题一绝于太虚堂:"疏雨斑斑洒叶舟,前山唤客作清游。芳华消歇春归后,野草荒田一片愁。"文本心典淮郡,萧条之甚,谢贾相启中云:"人家如破寺,十室九空;太守若头陀,两粥一饭。"

蒋复轩《镊白发》诗云:"劝君休镊鬓毛斑,鬓到斑时已自难。多少朱门少年子,业风吹上北邙山。"

杜氏妇作《北行》诗:"江淮幼女别乡闾,一似昭君远嫁胡,默默一身离故国,区区千里逐狂夫。慵拈箫管吹羌曲,懒系罗裙舞鹧鸪。多少眼前悲泣事,不如花柳旧江都。"此等多有戏作,题之驿亭,以为美谈。

许平仲衡学问文艺为世所尊,称为夫子,人目为许先生。养志不仕,有《辞召命》诗,云:"一天雷雨诚堪畏,千载风云漫企思。留取闲身卧田舍,静看蝴蝶挂蛛丝。"可以观其志矣。一号鲁斋。

张文简《雪》诗:"银檐不雨溜常滴,玉树无风花自开。"其家集不收。

卢梅坡诗《梅开一花》诗云:"昨夜花神有底忙,先教踏白入南邦。冷将双眼窥春破,肯把孤心受雪降。樊弟得兄呼最长,竹君取友叹无双。试于月夜窗前看,一在枝头一在窗。"

杜善甫,山东名士,工诗文,不屑仕进,游严相之门。严乃济南望族,善甫为所敬重。一日,谗者间之,情分浸乖。杜谢以诗,云:"高卧东窗兴已成,帘钩无复挂冠声。十年恩爱沦肌髓,只说严家好弟兄。"严悟非其过,款密如初。时有掌兵官远戍于外,其妻宴客,笙歌终夕。善甫诗曰:"高烧银烛照云鬟,沸耳笙歌彻夜阑。不念征西人万里,玉关霜重铁衣寒。"闻者快之。有荐之于朝,遂召之,表谢不赴,中二联云:"俾献言于乞言之际,敢尽其忠;若求仕于致仕之年,恐无此理。不能为白居易漫法香山居士之名,惟愿学陆龟蒙拜赐江湖散人之号。"予分教溧阳,一淮士过,求宿学舍。士游山东甚久,为余道其辞甚多,仅记此。

杨焕然号关西夫子,《题孔子庙》:"会见春风入杏坛,奎文阁上独凭栏。渊源自古尊洙泗,祖述何人似孟韩。竹简不随秦火冷,楷林高倚鲁城寒。漂零踪迹千年后,无分东家寄一箪。"又党怀英诗:"鲁国遗踪堕渺茫,独余林庙压城荒。梅梁分曙霞栖影,松牖回春月驻光。老桧曾沾周雨露,断碑犹是汉文章。不须更问传家久,泰岱参天汶泗长。"党,承安间人。工篆书,尝作"杏坛"二字刻于祖庭。

翟惠父《咏鬼门关》:"盘盘重险压三涂,惨惨阴灵怖万夫。青海战魂来守钥,黄尘行客过张弧。西风古道悲羸马,落日荒山啸老狐。年少文人今白首,小猖休苦笑揶揄。"惠父,北人。

阎子静复,至元间翰林学士。后廉访浙西,有《梅杖》诗云:"拣尽西湖万玉柯,春风入手重摩挲。较量龙竹能香否,比并鸠藤奈白何。声破梦寒霜满户,影随诗瘦月横坡。只知功到调羹尽,不道扶颠力更多。"

元遗山好问裕之,北方文雄也。其妹为女冠,文而艳。张平章当揆欲娶之,使人嘱裕之,辞以可否在妹,妹以为可则可。张喜,自往访觇其所向。至则方自手补天花板,辍而迎之。张询近日所作,应声答曰:"补天手段暂施张,不许纤尘落画堂。寄语新来双燕子,移巢别处觅雕梁。"张悚然而出。

刘山翁汝进,漫塘幼子,学问宏深,文字典雅。与客九日游龙山,以"尘世难逢开口笑"分韵,翁得"口"字,云:"纵步龙山颠,放舟龙荡口。群然雁鹜行,杂之牛马走。我拙不能诗,我病不饮酒。试问赏花人,还有菊花否?"众服其工。诸信斋诵此。

金国南迁后,国浸弱不支。又迁睢阳,某后不肯播迁,宁死于汴。元遗山曰:"罗绮深宫二十年,更持桃李向谁妍?人生只合梁园死,金水河头好墓田。"

至元戊寅己卯间,有董恢者,江陵人,后居太原,任丁角酒税副使,僦屋以居。诗云:"白发苍头一腐儒,行无辙迹住无庐。邓林万顷青青木,肯为鷦鹩借一株。"又:"翠阁朱楼锁撑扉,寻巢燕子不能归。落花吹泥东风雨,绕遍芳檐无处依。"

漫塘先生与客燕坐,指窗外樱桃唯一实,共以为笑。忽一客来访,自言能诗,因命赋之。云:"烧丹道士药炉空,枉费先生九转功。一粒丹砂寻不见,晓来枝上弄春风。"众咸喜之。

周芝田,浙人。浪迹江湖,道冠野服,诗酒谐笑,略无拘检,亦时出小戏以悦人,而不知其能琴与诗也。遇琴则一弹,适兴则吟一二句而不终篇。尝赋石上雨竹云:"淋漓满腹藏春雨,突兀半拳生晓云。"亦自可人。又:"草香花落后,云黑雨来时。"《琴》诗云:"膝上横陈玉一枝,此音唯独此心知。夜深断送鹤先睡,弹到空山月落时。"

遨溪张复《题雨竹图》云:"涓涓而净,森森而立。孟宗何之?泪痕犹湿。"《风竹图》云:"可屈者气,不屈者节。故人之来,尽扫秋月。"皆有思致。

赵静斋淮被执于溧阳丰登庄,《至北府辞家庙》云:"祖父有功,王室德泽,沾及子孙。今淮计穷被执,誓以一死报君。刀锯置之不问,万折忠义常存。急告先灵速引,庶几不辱家门。"即登棹船。发至瓜洲被刑,无有敢埋其尸者。有一宠姬在焦金省处。此姬启金省云:"赵四知府今日已死矣。妾元是他婢子,望相公以妾之故,许妾将尸焚化也。是相公一段阴骘事。"焦许之,乃作一棺焚之。又启收骨撒之于水,亦从之。遂以裙盛骨殖到江边,大恸投江而死。又闻其孙享祭,静斋降笔云:"生居四代将门家,不幸遭逢被虏拿。死在瓜洲无葬地,幽魂夜夜到长沙。"其兄冰壶潜自京口迁金陵,北兵至,弃城而遁,南徙不返,死葬海旁山上。

吴门有吏娶一娼,燕客,歌舞彻旦。明日犯事,决配九江,与妇泣别登舟。卢梅坡诗云：“昨夜笙歌燕画楼，明朝挥泪送行舟。当初嫁作商人妇，无此江头一段愁。”

一户曹之妻与太守有私，府学一士子知其事。户曹任满将去，守招其夫妇饮。士子作《祝英台近》付妓，令歌之：“掩琵琶，临别语，把酒泪如洗。似惩春时，仓卒去何意。牡丹恰则开园，荼蘼厮勾，便下得、一帆千里。　　好无谓，复道明日行呵，如何恋得你。一叶船儿，休要更沉醉。后梅子青时，杨花飞絮，侧耳听喜鹊哩。”守与此妇俱堕泪，其夫不悟。

灵隐寺主僧元肇号淮海。寺有松，大数十围。史相当轴遣人伐松，松与月波亭相对。僧作诗云：“大夫去作栋梁材，无复清阴覆绿苔。惆怅月波亭上望，夜深惟见鹤归来。”

穆陵在御，阎贵妃父良臣起香火功德院，欲胜灵竺，乃伐邻松供屋材。僧作诗曰：“不为栽松种茯苓，只缘山色四时青。老僧不惜携将去，留与西湖作画屏。”诗彻于上，遂命勿伐。又山中有寺基久圮，势家规其地营葬。僧亦有诗刺之：“一定空山已有年，不须惆怅起颓砖。道旁多少麒麟冢，转眼无人送纸钱。”遂不复取。

吉州罗西林集近诗刊，一士囊诗及门，一童横卧枨阑间。良久，唤童起曰：“将见汝主人求刊诗。”童曰：“请先与我一观，我以为可则为公达。”客怪之，曰：“汝欲观吾诗，汝必能吟，请赋一诗，当示汝。”童请题，客曰：“但以汝适来睡起搔首意为之。”童即吟曰：“梦跨青鸾上碧虚，不知身世是华胥。起来搔首浑无事，啼鸟一声春雨余。”客骇伏，同入见。西林款之数日，取其菊诗，云：“不逐春风桃李妍，秋风收拾短篱边。如何枝上金无数，不与渊明当酒钱。”童子，罗之子也。

南康建昌县有神童山，每大比试，童子至百人，七取其一。有邓文龙，年八岁，颖出诸童子右。方岳巨山守南康，欲祝为子。父谓之曰：“汝，予所钟爱。太守固欲祝汝，将若何？”文龙曰：“第许之。”巨山一日招诸名士如冯紫山深居兄弟者，而邓父子与焉。席上太守及诸公只服褙子，文龙以绿袍居座末。坐定，供茶，文龙故以托子堕地，诸公戏以失礼。文龙曰：“先生裋衣，学生落托。”众为一笑。酒酣，巨山戏曰：“口红衣绿如鹦鹉。”文龙应曰：“头白形乌似老鸦。”又令赋《君子竹》，即咏曰："萧洒子猷宅，平将风月分。两轩浑似我，一日可无君。"众异之。后易名元观，年十五领乡荐登上第。

僧德丰，三山人，有《重阳》诗云："战尽今秋见太平，西风多作北风声。不吹乌帽吹毡帽，篱下黄花笑不成。"钟山长老举以自代，答云："耿耿孤吟对古梅，忽传军将送书来。倚崖枯木摧残甚，虚负阳和到一回。"竟不赴。

贾秋壑败师亡国后，有人刺以诗曰："深院无人草已荒，漆屏金字尚辉煌。只知事去身宜去，岂料家亡国亦亡。理考发身端有自，郑人应梦果何祥。卧龙不肯留渠住，空使晴光满画墙。"又云："事到穷时计亦穷，此行难倚鄂州功。木绵庵上千年恨，秋壑堂中一梦空。石砌苔稠猿步月，松庭叶落鸟呼风。客来未用多惆怅，试向吴山望故宫。"又《伤西楼》诗云："檀板歌残陌上花，过墙荆棘刺檐牙。指麾已失铁如意，赐予宁存玉辟邪。破屋春归无主燕，坏池雨产在官蛙。木绵庵外尤愁绝，月黑夜深闻鬼车。"有人和云："荣华富贵等浮花，膂力难为国爪牙。汉世只知光拥立，唐朝谁识杞奸邪？绮罗化作春风蝶，弦管翻成夜雨蛙。纵有清漳人百死，碧天难挽紫云车。"秋壑出处本末自有知者，兹不书。

秋壑在朝，有术者言："平章不利姓郑之人。"因此每有此姓为官者多困抑之。武学生郑虎臣登科辄以罪配之，后遇赦得还。秋壑丧师，陈静观诸公欲置之死地，遂寻其平日极仇者监押，虎臣遂请身为之，乃假以武功大夫押其行。虎臣一路凌辱，求死不能。至漳州木绵庵，病笃，泄泻，踞虎子欲绝。虎臣知其服脑子求死，乃云："好教作只恁地死。"遂锤数下而殂。

庚申，履斋吴相循州安置，以贾似道私憾之故。未几，除承节郎。刘宗申知循州。刘，江湖士，专以口舌吓迫当路要人，货贿官爵。士大夫畏其口，姑厚馈弥缝之。其得官亦由此。守循之除，似道欲其杀吴相。宗申至郡所以捃摭履斋者无所不至，随行吏仆以次病亡。或谓置毒所居井中，故饮水者皆患足软而死，履斋亦不免。似道后亦遭郑虎臣之辱。其时赵介如守漳，贾门下客也。宴虎臣于公舍。介如欲客似道，似道不可，以让虎臣，口口称天使惟谨。虎臣不让，似道遂

坐于下。介如察其有杀贾意，命馆人启郑，且以辞挑之。于时似道衣
服饮食皆为郑减抑，介如作锦衣等馈之，见其行李辎重令截寄其处，
俟得命放回日就取之。其馆人语郑云："天使今日押练使至此，度必
无生理，曷若令速殒，免受许多苦恼。"郑云："便是这物事受得这苦，
欲死而不死。"未几，遂殒。赵往哭，郑不许。赵固争，郑怒云："汝欲
检我邪？"赵云："汝也宜得一检。"郑无如之何。赵经纪棺敛，且致祭。
其辞云："呜呼！履斋死循，死于宗申；先生死闽，死于虎臣。"呜呼云
云，只此四句，然哀激之恸无往不复之，微意悉寓其中。季一山闲为
郡学正，为予道之。

　　似道败后有题其养乐园曰："老壑曾居葛岭西，游人谁敢问苏堤？
势将覆𫗧不回首，事到出师方噬脐。废圃久无人作主，败垣唯有客留
题。算来只有孤山耐，依旧梅花伴月低。"养乐者，以其奉母而乐也。
其赐第正在苏堤葛岭孤山之近，游人常盛。自贾据此，有游骑过其
门，必为侦事者察报，每为所罗织。有官者被黜，有财者被祸，逮世变
而后已。有人题葛岭二诗云："当年谁敢此经过，相国门前卫士多。
诸葛功名犹未满，周公事业竟如何？雕梁雨蠹藏狐鼠，花础云蒸长薜
萝。万死莫酬亡国恨，空留遗迹在山阿。"又云："楼台突兀妓成围，正
是襄樊失援时。王气暗随檀板歇，江声流入玉箫悲。姓名不在功臣
传，家庙徒存御赐碑。误国误民还自误，满庭秋草露垂垂。"

山房随笔补遗

端平中，余申周翰分教毗陵，题捷人簿云："三年大比，视郊祀天地之礼均；万乘临轩，与封拜公孤之仪等。"中一联云："昭陵之仁如天，积岁月而养成巨栋；欧公之学如海，鼓波涛而放出老龙。"惜未见全篇。

天台陈刚中孚在燕，端阳日思当母诞，作《太常引》二章云："彩丝堂上簇兰翘。记生母、正今朝。无地捧金焦。奈烟水、龙沙路遥。

碧天迢递，白云何处，风急雨萧萧。万里梦魂消。待飞逐、钱塘夜潮。"其二："短衣孤剑客乾坤。奈无策、报亲恩。三载隔晨昏。更疏雨、寒镫断魂。　　赤城霞外，西风鹤发，犹想倚柴门。蒲醑漫盈尊。倩谁写、青山泪痕？"时为编修云。

三山卓用，字稼翁，能赋驰声，尝作词云："丈夫只手把吴钩，欲断万人头。因何铁石打成心性，却为花柔。君看项籍并刘季，一怒使人愁。只因撞著虞姬、戚氏，豪杰都休。"其为人溺志可想。

翰林学士王文炳《铁椎铭》："朱亥贡金，张良受之，合以忠义，锻成此锤。铜山可破，锤不可缺；金埒可碎，锤不可折。噫！乱臣滔滔，四海嗷嗷，长蛇其毒，封豕其饕。上帝愤之，以锤畀著。著，王千户名也。锤不自奋，假手于汝。数未莫先，时来敢后？曾是一挥，元凶碎首。匪锤之重，唯人之勇；匪锤之功，惟人之忠。长仅数尺，重才数斤，物小用大，策此奇勋。锤在人亡，再用者谁？藏之武库，永镇奸回。"

陈野水言：昔绍兴学正任满后，入城给取解由。道经婺境，至山中村舍。时暑行倦饥渴，入一野室，见数人捣桐油。一老下碓，询所以来。野水言："自绍兴。"又问："往绍兴何为？"野水言："学正任满往倒解由。"老笑曰："汝自倒解由，我自捣桐油。"上碓不顾。野水怪之，出问其邻曰："此何人也？"邻人云："此我郡傅省元。兵革以来，隐处山中，父子碓油种艺以自给。"野水取纸，书一绝云："忽遇山中避世翁，居然沮溺古人风。白头方作求名计，不满先生一笑中。"傅观诗讫,召坐,曰:"子真悟者邪。"即命置饮食劳之。要之,山泽之臞长往不返者,颠崖果何限也。役役蜗蝇,苟窃升斗,彼视之一噱耳。

探花王昂榜下择婿时作《催妆词》云:"喜气满门阑,光动绮罗香陌。行到紫薇花下,悟身非凡客。不须脂粉污天真,嫌怕太红白。留取黛眉浅处,共画章台春色。"

湘人陈诜登第,授岳阳教官。夜,逾墙与妓江柳狎,颇为人所知。时孟之经守岳,闻其故。一日,公燕,江柳不侍。呼至,杖之,文其眉鬓间以"陈诜"二字,仍押隶辰州。妓之父母诣学宫咎诜云:"自岳去辰八百里,且求资粮。"陈且泣且悔,罄其所有及资衣物得千缗,以六百赠柳,馀付监押吏卒,令善视。且以词饯别云:"鬓边一点似飞鸦,休把翠钿遮。二年三载,千阑百就,今日天涯。杨花又逐东风去,随分入人家。要不思量,除非酒醒,休照菱花。"柳将行,会陆云西以荆湖制司干官沾檄至岳,与陈有故,将至,陈先出迎,以情告陆。陆即取空名制干札,填陈姓名,檄入制幕,既而并迎。陆入,即开宴。陆曰:"闻籍中有江柳者善讴,谁是也?"孟即呼至,柳花钿隐眉间所文。饮间陆越语孟曰:"能以柳见予否?"孟曰:"唯命。"陆笑曰:"君尚不能容一陈教,岂能与我?"孟因叙诜之过,陆叹慨。既而终席,陆呼柳问其事,柳出诜送别词。陆大嗟赏而再登席。陆举词示孟,且诮之曰:"君试目此作,可谓不知人矣。今制同檄诜入幕,将若之何?"孟求解于陆,并召诜同宴。明日,列荐诜,且除柳名。陆遂将诜如江陵,见之阃公秋壑,俾充幕僚。诜不独洗一时之辱,且有幸进之喜。至今巴陵为佳话矣。

扬州琼花,天下只一本。士大夫爱重,作亭花侧,扁曰"无双"。德祐乙亥,北师至,花遂不荣。赵棠国炎有绝句吊曰:"名擅无双气色雄,忍将一死报东风。他年我若修花史,合传琼妃烈女中。"

北方王郎中宥有《归妇吟》,其序曰:"天马浮江,兵强将锐,所征无敌,所掠无遗,俘戮之民,奚啻亿万。然生死存亡,悲欢聚散,岂无数存乎其间。夫刘氏者,吉之永丰人也。问其父母兄弟舅姑夫与子皆在焉。夫我不知则已,既知之,何独不令其归宁于父母乎?吾力虽不能使其死者生,亡者存,亦可谓欢悲聚散者。呜呼!不幸之幸莫大于斯,故不可无一言以送之。东平士王宥。"诗曰:"烈火俱将玉石焚,死生契阔忆中分。信音一绝思青鸟,泪眼双穿望白云。残日鹈鸰还有难,北风鸿雁正离群。新诗送汝还家去,重续当年织锦文。"

"交交桑扈,交交桑扈,桑满墙阴三月暮。去年蚕时处深闺,今年蚕时涉远路。路傍忽闻人采桑,恨不相与携倾筐。一身不蚕甘冻死,只忆儿女无衣裳。"〇"不如归去,不如归去,家在浙江东畔住。离家一程远一程,饮食不同言语异。今之眷聚皆寇仇,开口强笑心怀忧。家乡欲归归未得,不如狐死犹首邱。"〇"泥滑滑,泥滑滑,脱了绣鞋脱罗袜。前营上马忙起行,后队搭驼疾催发。行来数里日已低,北望燕京在天末。朝来传令更可怪,落后行迟都砍杀。"〇"鹈鸪鸪,鹈鸪鸪,帐房遍野常前呼。阿姊含羞对阿妹,大嫂挥涕看小姑。一家不幸俱被虏,犹幸同处为妻孥。愿言相怜莫相妒,这个不是亲丈夫。"辞意婉切,诵之可伤。此金沙潘武子文虎《四禽言》词也。少有隽才,善赋。

梁栋隆吉亦作《四禽言》,云:"不如归去,锦官宫殿迷烟树。天津桥边叫一声,叫破中原无住处。不如归去。"〇"脱却布裤,贫家能有几尺布? 寒机织尽无得裁,可人不来廉叔度。脱却布裤。"〇"提葫芦,近来酒贱频频沽。众人皆醉我亦醉,湘江唤起醒三闾。提葫芦。"〇"行不得也哥哥,湖南湖北春意多。九疑山前叫虞舜,奈此乾坤无路何! 行不得也哥哥。"寓意甚远,诸作不及。

历代笔记小说大观总目

汉魏六朝

西京杂记（外五种） ［汉］刘歆 等撰 王根林 校点

博物志（外七种） ［晋］张华 等撰 王根林 等校点

拾遗记（外三种） ［前秦］王嘉 等撰 王根林 校点

搜神记·搜神后记 ［晋］干宝 陶潜 撰 曹光甫 王根林 校点

世说新语 ［南朝宋］刘义庆 撰 ［梁］刘孝标注 王根林 标点

唐五代

朝野佥载·云溪友议 ［唐］张鷟 范摅 撰 恒鹤 阳羡生 校点

教坊记（外七种） ［唐］崔令钦 等撰 曹中孚 等校点

大唐新语（外五种） ［唐］刘肃 等撰 恒鹤 等校点

玄怪录·续玄怪录 ［唐］牛僧孺 李复言 撰 田松青 校点

次柳氏旧闻（外七种） ［唐］李德裕 等撰 丁如明 等校点

酉阳杂俎 ［唐］段成式 撰 曹中孚 校点

宣室志·裴铏传奇 ［唐］张读 裴铏 撰 萧逸 田松青 校点

唐摭言 ［五代］王定保 撰 阳羡生 校点

开元天宝遗事（外七种） ［五代］王仁裕 等撰 丁如明 等校点

北梦琐言 ［五代］孙光宪 撰 林艾园 校点

宋元

清异录·江淮异人录 ［宋］陶榖 吴淑 撰 孔一 校点

稽神录·睽车志 ［宋］徐铉 郭彖 撰 傅成 李梦生 校点

贾氏谭录·涑水记闻 ［宋］张洎 司马光 撰 孔一 王根林 校点

南部新书·茅亭客话 ［宋］钱易 黄休复 撰 尚成 李梦生 校点

杨文公谈苑·后山谈丛 ［宋］杨亿口述、黄鉴笔录、宋庠整理 陈
　　师道 撰 李裕民 李伟国 校点

归田录(外五种) ［宋］欧阳修 等撰 韩谷 等校点

春明退朝录(外四种) ［宋］宋敏求 等撰 尚成 等校点

青琐高议 ［宋］刘斧 撰 施林良 校点

渑水燕谈录·西塘集耆旧续闻 ［宋］王辟之 陈鹄 撰 韩谷 郑世刚
　　校点

梦溪笔谈 ［宋］沈括 撰 施适 校点

麈史·侯鲭录 ［宋］王得臣 赵令畤 撰 俞宗宪 傅成 校点

湘山野录 续录·玉壶清话 ［宋］文莹 撰 黄益元 校点

青箱杂记·春渚纪闻 ［宋］吴处厚 何薳 撰 尚成 钟振振 校点

邵氏闻见录·邵氏闻见后录 ［宋］邵伯温 邵博 撰 王根林 校点

冷斋夜话·梁溪漫志 ［宋］惠洪 费衮 撰 李保民 金圆 校点

容斋随笔 ［宋］洪迈 撰 穆公 校点

萍洲可谈·老学庵笔记 ［宋］朱彧 陆游 撰 李伟国 高克勤 校点

石林燕语·避暑录话 ［宋］叶梦得 撰 田松青 徐时仪 校点

东轩笔录·嬾真子录 ［宋］魏泰 马永卿 撰 田松青 校点

中吴纪闻·曲洧旧闻 ［宋］龚明之 朱弁 撰 孙菊园 王根林 校点

铁围山丛谈·独醒杂志 ［宋］蔡絛 曾敏行 撰 李梦生 朱杰人 校点

挥麈录 ［宋］王明清 撰 田松青 校点

投辖录·玉照新志 ［宋］王明清 撰 朱菊如 汪新森 校点

鸡肋编·贵耳集 ［宋］庄绰 张端义 撰 李保民 校点

宾退录·却扫编 ［宋］赵与时 徐度 撰 傅成 尚成 校点

桯史·默记 ［宋］岳珂 王铚 撰 黄益元 孔一 校点

燕翼诒谋录·墨庄漫录 ［宋］王栐 张邦基 撰 孔一 丁如明 校点

枫窗小牍·清波杂志 ［宋］袁褧 周辉 撰 尚成 秦克 校点

四朝闻见录·随隐漫录 ［宋］叶少翁 陈世崇 撰 尚成 郭明道 校点

鹤林玉露 ［宋］罗大经 撰 孙雪霄 校点

困学纪闻 [宋]王应麟 撰 栾保群 田松青 校点

齐东野语 [宋]周密 撰 黄益元 校点

癸辛杂识 [宋]周密 撰 王根林 校点

归潜志·乐郊私语 [金]刘祁 [元]姚桐寿 撰 黄益元 李梦生
　　校点

山居新语·至正直记 [元]杨瑀 孔齐 撰 李梦生 庄葳 郭群一
　　校点

南村辍耕录 [元]陶宗仪 撰 李梦生 校点

明代

草木子(外三种) [明]叶子奇 等撰 吴东昆 等校点

双槐岁钞 [明]黄瑜 撰 王岚 校点

菽园杂记 [明]陆容 撰 李健莉 校点

庚巳编·今言类编 [明]陆粲 郑晓 撰 马镛 杨晓波 校点

四友斋丛说 [明]何良俊 撰 李剑雄 校点

客座赘语 [明]顾起元 撰 孔一 校点

五杂组 [明]谢肇淛 撰 傅成 校点

万历野获编 [明]沈德符 撰 杨万里 校点

涌幢小品 [明]朱国祯 撰 王根林 校点

清代

筠廊偶笔 二笔·在园杂志 [清]宋荦 刘廷玑 撰 蒋文仙 吴法源
　　校点

虞初新志 [清]张潮 辑 王根林 校点

坚瓠集 [清]褚人获 辑撰 李梦生 校点

柳南随笔 续笔 [清]王应奎 撰 以柔 校点

子不语 [清]袁枚 撰 申孟 甘林 校点

阅微草堂笔记 [清]纪昀 撰 汪贤度 校点

茶余客话 [清]阮葵生 撰 李保民 校点